请不要把时光浪费在别人的生活里

美文日赏 主编

北京理工大学出版社
BEIJING INSTITUTE OF TECHNOLOGY PRESS

版权专有 侵权必究

图书在版编目（CIP）数据

请不要把时光浪费在别人的生活里 / 美文日赏主编. —北京：北京理工大学出版社, 2018.9
ISBN 978-7-5682-5887-6

Ⅰ. ①请… Ⅱ. ①美… Ⅲ. ①散文集—中国—当代 Ⅳ. ①I267

中国版本图书馆CIP数据核字（2018）第156838号

出版发行 / 北京理工大学出版社有限责任公司
社　　址 / 北京市海淀区中关村南大街5号
邮　　编 / 100081
电　　话 / （010）68914775（总编室）
　　　　　（010）82562903（教材售后服务热线）
　　　　　（010）68948351（其他图书服务热线）
网　　址 / http://www.bitpress.com.cn
经　　销 / 全国各地新华书店
印　　刷 / 三河市金元印装有限公司
开　　本 / 889毫米×1194毫米　1/32
印　　张 / 8　　　　　　　　　　　　　　责任编辑 / 李慧智
字　　数 / 163千字　　　　　　　　　　　文案编辑 / 李慧智
版　　次 / 2018年9月第1版　2018年9月第1次印刷　责任校对 / 周瑞红
定　　价 / 39.80元　　　　　　　　　　　责任印制 / 边心超

图书出现印装质量问题，请拨打售后服务热线，本社负责调换

PART 3
平凡的我们从不怕生活的苟且

我们平凡人，从来都不怕生活的苟且	121
请不要把时光浪费在别人的生活里	125
孤独的时候该做点什么	131
你需要做的，往往不是叹息命运而是调整自己	137
总有人过着被你放弃的生活	142
命运不会辜负你的努力	146
那些窘迫的日子，你是怎么熬过来的	151
敢不敢想象自己下一个十年的模样	155
你真的很忙吗	160
凌晨才下班的生活，真的是你想要的吗	167
二十出头的你，到底该不该去大城市	172
为梦而生	177

PART 4
你不爱我时，我也那么闪耀

那些没有结果的爱情	183
多想晚点遇见你	189
有多少真爱，是因为不甘心	206
好的爱情从来不会从天而降	213
好的爱情从来无须去权衡利弊	217
你不爱我时，我也那么闪耀	224
乔木向阳生	230
那段没说出口的爱情	239
一场爱，让她成为更好的自己	244

PART 1

成长需要时光，
更需要努力

不行，就用两倍的努力

文 / 杨熹文

我的努力远远超过了我的才气，不知道这是幸还是不幸。

早些年就听说过"一万小时定律"。作家格拉德威尔在《异数》中指出，要成为某个领域的专家，需要一万小时，按比例计算就是：如果每天工作八个小时，一周工作五天，那么成为一个领域的专家至少需要五年。这就是"一万小时定律"。

于是，我便钻牛角尖般地验证，心里暗自算着，若把此生所有写作的时间加起来——十几岁开始练习的时间、多年来利用周末写作的时间，以及如今二十七岁了还清教徒般坚持的时间——大概早过了一万个小时。可我不得不非常遗憾地承认，这一万个小时并没让我变成这个行业的顶尖人士。更加坦诚地讲，在文字行业中，我大概连个庸人也算不上。随便点阅几个公众号，打开其中任意一篇文章，就会发现许多年轻女孩子睡前发的感慨都比我的文章有才气！

记得有一日看到一个姑娘在网上说："一上午只写了三千字……"这更让我觉得自己缺少才气，因为我常常耗费一天的时间才写出两千字，然后修改中还会删去一千字。为了这一千字，我像那拉磨的老驴一般从早到晚一刻不停地转着圈，可最后献出来的却只有那可怜的一点点。我心虚地关掉那个年轻作者的文章页面，重新回到我的书桌前，这世界有许多轻轻松松就能做出成绩的人，我更不能轻易懈怠。

朋友向我谈起那份做了两年的工作，言语间尽是失落。她说："我觉得自己从没有懈怠啊，领导下达的任务准时完成，每天都加班到很晚，可是为什么工作这么久了，工资还是区区的三千多元……"

我们沉默许久后，她忽然补了一句"可能还是不够努力吧！"这句话说完后，她的眼睛亮了起来，那样子就像解开了困扰很久的一道难题。

"从明天开始我要加倍努力，我就不信没有升职加薪的那一天！"她说这句话时还紧握着拳头为自己加油打气。

我十分理解她的心情，因为这二十七年来我也遇到过很多类似的情况。我是一个很普通的姑娘，既无可人的外貌，也无卓越的才华。我买彩票从没中过，喝凉水都会长胖，先天的资质和后天的才能都没什么过人之处，不单单在写作上要花很多力气，就连处理生活中的一些小事也要付出别人双倍的精力。

最近参加同学聚会，大家对每个同学进行了简短的总结。说到我时，大家给出最多的答案居然是"聪明"！我当年的同桌还激动地拍着大腿说："对呀，我们当时一样地学习，她若不聪明怎么会拿高分？"我惊讶地发不出声，因为我从没想过别人会用"聪明"这个词来形容我！我苦笑着摇摇头把一整杯啤酒灌入口中，酒精带我回到了十五六岁的校园时光。

　　那时的我成绩优异，总是稳居班级的前几名，所以老师器重我，同学羡慕我，爸妈对我的成绩感到欣慰。可是否有人发现——我中午从不舍得午睡！当全班同学趴在桌子上休息时，我还在拿着笔写写算算。不仅如此，我从小到大看电视的次数都屈指可数，夜里我经常伏在书桌上学习，扛不住了就喝一杯咖啡来提神。从初中开始，我每天五点钟起床，起来的第一件事就是抓起枕边的英文课本背单词；早晨去车站前我总会在手心上抄写一些重点，然后边走边背……看到"天才少女""天才少男"的新闻时，我只能叹一口气，继续背着那重达十几斤的书包，去熬那熬不完的夜。

　　这样的"聪明"，是有代价的，而要付出代价的事，在我的生活中又不止这一件。

　　我曾和一个朋友一起住过两周，我们每天一起吃饭一起休息。我们吃的食物营养均衡、搭配合理，绝对称得上是健康饮食，朋友的食量大概是我的两倍，两周后她提着自己的牛仔裤说："咦，我怎么又瘦了？"我见状小心翼翼地上了秤，希望一样的结果出现在我身上，可是为什么我在短短的两周内长胖了四公斤！

一米五八的我曾经体重达到了一百二十二斤，更可怕的是，我那时为了赚钱四处奔波，一天只吃两顿饭，还会以一个小时的散步当作日常运动，可体重依旧稳定上升。我看着身边九十几斤从不运动，从不节食，少吃一顿就瘦两斤的闺密羡慕不已，可只能用凤姐说过的"过劳肥"来安慰自己。某一天我再也受不了身上紧绷的牛仔裤，于是下决心以跑步的方式来减肥。将近一年的时间里，我每天至少跑五公里，每天吃三分饱，出门聚餐时只敢喝一肚子温开水，这样才瘦到了一百斤。直到现在我还总是被朋友调侃："你是我见过最胖的素食主义者。"我脸上挂着大度的微笑听着，可心里却暗暗委屈：我只吃素，食量很小，还每天坚持跑步五公里，依然胖……

我想起村上春树说的他开始跑步的原因："三十三岁那年秋天决定以写小说为生。为了保持健康，我开始跑步，每天凌晨四点起床，写作四小时，跑十公里。"他说了自己戒烟后需要靠跑步来减肥的烦恼，还谈起了自己的妻子，"我是那种容易发胖的体质。我妻子却无论怎么吃也胖不起来。这让我时常陷入沉思：'人生真是不公平啊！一些人无须认真就能得到的东西，另一些人却需要付出很多才能换来。'不过转念一想，那些不费吹灰之力就能保持苗条的人，不会像我这样重视饮食和运动，也许老得更快。什么才是公平，还得从长计议。"

这样想来，世界才会变得有些可爱。也许正是因为每天要跑步才能保持身材，所以渐渐就养成了自律的好习惯；也许正是因为要付出很多努力才能得到一个尚好的成绩，所以才会更加珍惜自己和别人的劳动成果；也许正是因为创作很吃力，所以才会告诉自己千万不可懈怠。

生活公平吗？这是一个值得长久讨论的话题。我可以一边回答"很公平呀"，一边又觉得它没有那样"公平"，因为它总让一些人承受很多的艰辛。但即便生活有时是不公平的，这不公平与公平之间的偏差，也总可以用努力去填补。

文学创作这条路我走得很艰辛，我知道自己没有过人的文采，别人有时也会劝我改行，可是我依然倔强地坚持着。有人曾对我说："你都二十七了，怎么还做浪漫的梦想主义者？"不！我坚决地反驳，我只是活得单纯，我一直相信，只要付出足够多的努力，就一定能实现梦想。

我没有唱歌跳舞的天赋，也没有过人的创作才能，就连易瘦体质都没有，我只是一个普普通通的人。深知这一点的我，总是一面刻苦努力一面安慰自己："每天坚持写文章，这样写四十年，再烂的文笔也会变得好一点吧！"

每当自己做不好事情时，我总用这样的道理安慰自己，我始终相信我的梦想之所以不能实现，只是因为自己不够努力。上天给了一部分人过人的才能，同时也赐予了另一部分人不怕输的勇气。于是，我始终相信，只要踏踏实实地走下去，梦想就一定有实现的那一天。

前些天，一个小姑娘在网上问我："我特别热爱文学，我的梦想就是成为一个作家，可是投了那么多次稿，编辑还是给我回复'抱歉，不采用'！看来我真的是没才华，这辈子也没法成为一个作家！哎，我该怎么办呢？"

梦想这条路上，最怕你有走不下去的预见和随时回头的准备。

所以，我回复她："怕什么，这人生还长呢！不行，就用两倍的努力！"

女孩如何度过二十出头的穷困日子

文 / 慕容素衣

前一阵和朋友陈果聊天,说起了人生中最难熬的那段时光——刚步入社会的那几年。那时,我刚毕业,怀揣着梦想,拎着一个行李箱只身南下,找到工作后,便开始了朝九晚五的职场生活。由于我没有什么工作经验,所以只能拿实习生的工资。我战战兢兢地工作着,还时不时地担心自己能否顺利转正。为了省钱,我和老乡合租了一套两居室的房子。这房子是20世纪80年代的员工宿舍,不仅破旧简陋,还有蟑螂、老鼠横行。一个朋友来看我,忍不住感叹:"真难想象,你就是在这种环境下写东西的。"

陈果比我的情况还要差些,她刚过二十父亲就去世了,身为长女的她不得不挑起生活的重担。那几年为了赚钱养家她没少折腾,开过餐馆、倒腾过服装、配送过货物,可是由于缺少经验,不仅没赚到钱还赔了不少。无奈之下她只好来到北京打拼,为了省钱她住在不见天日的地下室,靠吃泡面来度日。最穷的时候她甚至一天只吃一顿饭，以至于后来日子变好了，一有应酬就只顾埋头狂吃。

任何一个没有背景的女孩子在涉世之初，都会经历和我们类似的窘境吧。

物质上的匮乏还不是最困扰我们的，找不到方向和看不到前程才是最让人难以忍受的。现在回想一下，那时候真的不仅仅是没钱，连内心都是虚弱的，精神上也是贫穷的。

二十多岁时最想知道的就是，如何才能尽快熬过这段双重贫困的日子，让自己在物质和精神上都变得丰裕起来。因此，当陈果在豆瓣上讲述她的漂亮朋友刘文静的故事时，我特别着迷。我想知道，我走过的那些弯路，她是否也走过；我有过的那些挣扎，她是否也有过。刘文静出生于一个山区的贫困家庭，刚初中毕业就跟随表哥来到上海打工。这样一个女孩子，居然神奇地完成了人生的"三级跳"，先是考上了重点大学，然后做起了金领，不久又在上海买房买车实现了财务自由。

诚然，在这个看脸的世界里，刘文静的美貌给她加分不少，但她的成功依靠的绝不只是美貌。如何才能从穷姑娘一步步蜕变成"白富美"呢？姑娘们或许可以从刘文静的成才之路上得到几点启示。

第一，你得具有坚韧不拔的毅力和百折不挠的决心。

换句话说，你得特别能吃苦。刘文静在餐馆清洗那堆积如山的餐具时，从没叫过一声累；在深夜挑灯夜读时，从没喊过一句苦。姑娘们刚刚步入社会时，难免会受一些委屈，可是我们必须忍受，因为谁让我们还不够强大呢？能吃苦只是成功的基本要求，并不是只要能吃苦就一定会迎来成功。如果刘文静只是勤勤恳恳地洗碗，那她一辈子或许只能做个洗碗工。碗洗得再快再好，也不过多挣十元八元，并不可能就此改变命运。

第二，你要懂得让自己增值。

人穷志短，指的就是贫穷很容易消磨掉一个人的志气，让人甘于平凡不思进取。因此，当生活贫困的时候，与其想着如何节流，还不如想着如何开源。通过开源的途径实现自我增值，是摆脱贫困最好的办法。可是，应该如何做呢？其实，实现自我增值无非有两种途径：一是学习，另外一种就是跳槽。

刘文静苦读一年，考入了上海某著名大学。她这种行为就是通过学习的途径来实现自我增值。我们可以不苛求自己像她那样优秀，但至少应该把自己从事的这一行业做到精通。现在的远程教育这么发达，我们完全可以在工作之余不断地学习。

跳槽并不是指漫无目的地跳来跳去，而是指从一个差的行业跳到好的行业，或从一家不正规的公司跳到行业内的翘楚公司。难不难？当然很难。这不仅考验我们的实力，还考验我们的眼光。二十几岁的时候不要害怕尝试，当熬过最难的那几年后，你会有意想不到的收获。刘文静的厉害之处，就在于她始终保持着向上的冲劲，永不放弃，永不言败。

第三，不要试图依附男人来改变命运。

前一阵，网上流传着两篇观点针锋相对的文章，一篇教导姑娘们"别和穷人谈恋爱",另一篇则反驳说"你以为不和穷人谈恋爱,就能遇到富人了吗"。我觉得这两篇文章都阐述了这样一个事实:只有当你十分优秀时,才能得到优秀男人的青睐。

确实是这样,如果刘文静一直在小餐馆洗碗,即使她拥有倾国之色也不会有王子从天而降。可是,随着她不断地提升自己,她如愿地摆脱了原来的生活圈子,使自己的生活变得越来越好。女孩们不要再纠结"到底是要干得好,还是要嫁得好"的问题了,因为大多数情况下,只有干得好才能嫁得好。用流行的话来说,你想要嫁入豪门的话,先得把自己变成豪门。

我曾经问过陈果,刘文静是不是真有其人?

她说故事难免会有虚构成分,但的确是有原型的。从这篇故事的主人公刘文静的身上,我可以看到作者陈果的影子,也可以看到自己的影子。刘文静是谁?是你,是我,是千千万万努力拼搏的女孩们的缩影。

我上面说的三点启示,不仅适用于刘文静,也适用于所有正在苦苦打拼的年轻女孩。我想,即使我们没有刘文静那样出色的相貌,但只要有她那样坚忍、独立、聪明、永不言弃的品质,我们终会迎来幸福的生活。

你做过什么样的坚持或努力把自己都感动了

文 / 曹旸旸

在电影《美丽心灵》里有一段台词，普林斯顿大学教授Martin与当年的同窗，同时也是他的竞争对手，和精神分裂症奋斗了大半辈子的John Nash一起走在校园里，Martin问Nash：

Are they gone?（他们消失了吗？）

No, they are not gone, and maybe they never will be.（没有，并且可能永远都不会消失。）

这段对话对普通人来说可能再普通不过，但是对于我来说，却是经过不断的努力，失败，再努力，再失败得到的人生哲理。直至今日，每次看到这段对话，我都会深有感触。

我从小就患有很严重的口吃，说话总是结结巴巴，并且越着急越不能很好地表达。由于口吃，我从小到大没少被人嘲笑。记得学英语时我遭到了老师和同学的一致嘲笑，这让我对英语产生了抵触心理。我记得大一的时候看英语四级的卷子，整篇卷子中几乎没几个认识的单词，当时我还想如果能过四级，拿到学位证就算万幸了。后来我决定出国留学，英语成了横在我面前的一座大山，但是我知道自己必须越过它。

于是，接下来的日子里我每天除了上课，都会在自习室和图书馆背单词。四级词汇书、六级词汇书和雅思词汇书，我已记不清自己翻阅了多少遍。为了集中注意力，在想懈怠的时候我会强迫自己抄单词。日子一天天过去，我的努力没有白费，两年后我顺利地通过了四级、六级和雅思的考试。我以为自己终于可以顺利地出国留学了，可是我的出国之路并没有如此简单，口吃又一次阻碍了我。

由于口吃，我说中文就比较慢，说英语时也遇到了这样的问题。但是我没有退缩，我认为没有过不去的坎，也没有越不过的山，更没有战胜不了的困难。于是，我开始了自己最漫长，也是最困难的奋斗之旅。

准备雅思的时候，我报了一个英语口语训练班。这个训练班聘请的都是外教。记得入班第一天给我做测试的是一个英国老人。这个英国老人很和善，他操着一口浓重的威尔士口音，为了让我听清，他故意放缓了语速。可是，我面对他的时候还是很紧张，我能听懂他的话，也明白自己应该说什么，但我一个字也说不出来。更糟糕的是，我越想张口说话，就越无法开口，仿佛我的嘴巴被封上了。我焦急到浑身颤抖，全身冒汗。做完测试出来时，我感觉自己双腿发软，不禁沮丧地低头想：这么简单的几段对话，却始终说不出来……

虽然这种情况我经常遇到，可是我还是难以释怀，经过这么长时间的努力，我还是应对得如此糟糕。但是，我是不会轻易妥协的。于是，我抓住一切机会来锻炼自己，我逼自己上台演讲，逼自己和老外说话，逼自己大声朗读……因为口吃，我从小就很内向，我从不敢表达自己的观点，从不敢上台演讲，就连说话都要酝酿好久才能开口。可是为了克服口吃，那段时间我不得不逼着自己不停地说话，不停地尝试从没做过的事情。

我很抗拒，可是为了战胜口吃，我不得不继续。记得第一次用英语演讲时，我紧张地浑身冒汗，声音跟着身体一起颤抖，一个单词说完思考很久才会说出下一个单词，台下的观众不耐烦地走开了，我依然红着脸坚持着往下说。那时的我心中只有一个念头，不管有没有人听都要坚持说完。

我那段时间真的过得很艰难，没有人可以帮我，我只能一个人苦苦地挣扎。每天我都在和口吃进行战斗，我逼迫自己说话、说话、再说话，可是情况并没有发生好转。

受幸运女神眷顾，我最终如愿来到意大利学习全英文授课的奢侈品管理。学习这个专业经常要做演讲，最频繁的时候一周会做三次，合作的品牌创始人也会经常参加。我记得刚开始做演讲时自己结结巴巴，就连声音都在颤抖，我虽然如愿出国了，可我的口吃并没有好。身处异国他乡，每天面对陌生的环境和陌生的人，还要每天和口吃奋战，我经常感到浑身乏力和孤独无助。我有时晚上躺在床上听歌，听着听着就会哭出声，有时甚至哭到喘不过气。

经过几个月频繁的演讲，我发现自己有时居然可以流利地说话了！遇到无法说出口的词，我会马上用别的同义词代替，不能想到同义词的，我会用不同的语句来表达。小组活动的时候，我和同伴交流已不存在障碍。做演讲时，如果我的内容足够吸引人，哪怕我说得再慢，人们也会耐心地倾听。一次聚会时我偶然发现，喝酒之后我居然可以说得很好，想说什么就说什么，脑子里想的完全可以表达出来。

我完成学校的课程和作业之后，喜欢做数据分析。当时大数据炒得十分火热，而数据分析需要对行业有着深刻的了解。我凭着自己在硕士阶段的学习，以及与老师和一些意大利品牌创始人的讨论，发现了数据对于未来时尚行业发展的价值。那段时间我仿佛回到了高三，每天沉浸在数据分析、文本挖掘中，还自学了SPSS和R语言。我嫌做出来的图表不好看，就利用以前学的PS做数据可视化，逐渐完善了一整套基于时尚行业的数据分析方法。我那个时候虽然依旧口吃，但是被学习和研究占据时间的我已经忘了口吃这件事，甚至给外国朋友讲题讲到激动的时候说话就会变得正常！

就这样，我迎来了毕业。

我把自己的研究成果整理后打印出来，各种图表和文件足足整理了一大本。我把它们拿给老师看，老师笑着点了点头，没有说什么。后来我又拿给Zara的面试官看，面试官却吩咐公司的HR收走了，从此没有下文。当时的意大利还处在金融危机后的困难时期，失业率居高不下，应届毕业生的失业率高达70%。学校的老师曾对我们说，外国学生，尤其听英语授课的外国学生基本上没有找到工作的可能。于是，当时的我已经收拾行李准备回国找工作了。

没想到在我预订机票的时候，忽然在Facebook上收到了老师的私信，他问我有没有兴趣到他的奢侈品咨询公司工作。我当然不会放弃这个机会，于是欣然接受了老师的邀请。

虽然有老师的邀请，但该走的流程还是要走的。为了面试时能够对答如流，酒量不好的我在面试之前特意灌下了一瓶啤酒。面试时我没有口吃，不过面试官被我的酒气熏得皱着眉头，就这样我顺利地在意大利得到了数据分析师的职位。

一直以来，能够说出流利的英语是我最大的奢求。那天面试出来，我摇摇晃晃地走在大街上，不禁想起了第一次在口语培训机构和操着威尔士口音的老人说话的场景。想着想着，我竟然哭了起来。

在那个公司，我开发了迄今为止第一个基于社交媒体表现和用户反馈的时尚奢侈品牌排名的算法。如今我已辞职两年，那个公司还在用这个系统服务意大利的奢侈品牌。在那家公司工作期间，我还在公司的网站上发表了几篇文章。一切看起来都很顺利，但是口吃的毛病仍然困扰着我，而且我知道它给我带来的痛苦将一直持续下去。

现在，我到了另一家公司工作，工作时需要频繁地和同事以及客户打交道。虽然有的时候开口说话依旧很困难，但是我一直在努力地说。口吃的毛病有可能会伴随我的一生，但我已经看淡了，我不再试图克服它，而是接受它的存在。我试着不受它的限制，活成自己想要的样子。

电影的最后，Nash因为博弈论获得了诺贝尔奖。我望着领奖台上他那仿佛可以容纳一切不安和苦痛的眼神，又想起了那句对白：

Are they gone?

No，they are not gone，and maybe they never will be.

你做过最大的努力是什么

文 / 牛摩王

我做过最努力的事,应该是为了从事这份职业而做的准备吧。

高三上学期,部队来学校招空军飞行员,对自己体质还算满意的我报名参加了。我很顺利地通过了初检,听同学说复检跟初检差别不大,并且高考成绩只要达到500分就可以顺利地成为飞行员。我一听这话顿时信心爆棚,不禁迫不及待地盼着复检的到来。可是,复检的时间定在第二年的三月份,我只能一边等着那天的到来,一边幻想着如何驾驶战斗机翱翔蓝天……毫无疑问,我已无心学习了。

盼啊盼啊,复检的日子终于来了!可是迎接我的却是一个晴天霹雳——我的复检居然没有通过!部队的全方位转椅太厉害了,我被转得当场呕吐。复检结束后距离高考就只剩三个月了,一直荒废时光的我慌了,虽然剩下的日子我努力学习,但高考成绩还是一塌糊涂,我的成绩连本科线都没有达到。

我悔恨哭泣之后决定复读！复读的那年，民航又来学校招飞行员，我纠结好久之后再次报名参加。复检之前的夜晚，为了避免旋转呕吐情况的再次发生，我特意去操场旋转了30多圈，可还没走回教室就又吐了！第二天站在大巴前，我徘徊好久之后选择了放弃。班主任疑惑地看着我返回教室，忍不住问我为什么不去复检，我淡淡地回了句怕耽误学习。真的是这样，作为一个普通的农村孩子，高考是我走出农村的唯一出路，我输不起第二次了……

这次的高考成绩也不理想，刚刚过了二本线，勉强被西南的一所医科院校录取。

虽然选择了学医，但我知道自己毕业后不可能成为一名医生。于是，在完成课业之余，我抱着锻炼自己的态度参加了学校的各种社团，还积极地参与竞选班干部，大二那年居然成了我们系的学生会主席。

大二的一天，辅导员递给我一张通知书，让我在学校的广播里给大家宣读一下。我一看是某军校在全国本科院校招收飞行学员的通知！啊，机会难得，我必须再试一次！

由于准备充分，我顺利地通过了初检。

复检是来年五月份，分两次进行。第一次就有转椅，感谢医学院让我知道了"呕家圣药"——生姜。于是，复检那天早上我去菜市场买了半斤多生姜，洗干净后全部吃掉。真惊叹从小不吃姜的自己当时是怎么咽下去的……转椅测验顺利通过了。

　　复检那天有个学员一直跟在我身边，不停地与我套近乎，测视力的时候他希望我帮他一把，我脑子一热就答应了。他在前面测视力，我在门口给他指方向，房间就那么大，而且还一男一女两个体检医生，于是我们被发现了。医生当时就取消了我们的成绩，并让我们赶紧离开，那个学员本来就没抱多大希望，于是扭脸走了，我呆愣愣地站在那里懊悔不已。我央求医生再给我一次机会，可是医生根本不理我。

　　上午很快过去了，大家都去往餐厅吃饭，我站在那里一直不肯离开。下午两点，两位医生回来后发现我还站在门口，女医生便忍不住说："再给他一次机会吧。"我听后感动地眼泪差点掉下来。男医生瞪了我一眼说："你傻不傻，这样'帮'人家，除了惩罚你能得到啥？人家连个谢谢都没说，拍拍屁股就走了！"说完，他大笔一挥，在我的体检本上写了"作弊"两个字。他说让你继续参加体检也可以，但是作弊的惩罚你必须接受。于是，我的第一次复检就这么磕磕绊绊地通过了。

　　第二次复检是在一家三甲医院内进行。抽血、胸透、心电图之类的都很正常，可是最后做B超的时候出问题了。主任医师一脸惋惜地说："小伙子，你的肾里有结石啊，都直径一厘米了！"我一听就蒙了，脑子里立马浮现上课时看到的肾结石导致肾衰竭的例子。"赶紧治病，千万不能衰竭了！"这是我当时唯一的想法。

回学校的路上想起招飞行员的老师给我的名片，于是打电话向他咨询肾结石会不会影响我成为飞行员。老师说有结石肯定不行，你还是安心治病吧。

对，身体最重要。于是我开始治病。可是，我先后跑了当地五所医院，做了五次B超都显示我没有肾结石！我竟然遭遇了误诊，还是断送我大好前程的误诊！我紧握着拳头，抑制不住内心的愤怒，我真想冲进那家医院让他们赔我损失！

我向招飞行员的老师说明了情况，老师听后建议我去原医院再做一次B超，并开一个证明快递给他。我再次来到那家医院做B超，这次的结果也显示我并没有结石。于是，我立马把B超结果快递给了老师。

三天后老师来电说为了确保结果真实，让我再去三家三甲以上的医院做B超，并把结果再次寄给他。于是，我再次以言照办，然后继续等消息……

在等消息的时候，我得知了他们下周要去C市复检的消息！C市和我所在的城市距离不远，于是我给老师打电话，软磨硬泡地让他答应我去C市做复检。

当时每月只有五百元生活费的我早已弹尽粮绝，为了治病家里给多打的一千元也花费在了B超上。父母坚决反对我去C市参加复检，他们认为我的误诊就是被人欺骗了，继续下去还会被骗。无论我怎么解释，他们都不同意，最终我只好向同学借了三百元去了C市。

可是，当我终于来到C市体检中心时，招飞行员的老师却以我的初检档案不在C市为由，不准我重新参加复检。他让我在那里做了个B超，就打发我回来了。于是，我又开始了漫长的等待。

不知等了多久，终于等到了招飞行员老师的电话。他对我说："明天下午三点之前赶到上海的××体检中心，找J院长做一次B超，告诉他是我让你去的。"我欣喜若狂地连连答应！

研究好路线，找同学借了一千八百元钱，我兴致勃勃地冲向机场。赶到上海××体检中心的时候已经晚上八点了。看到体检中心旁边有个酒店，本打算进去睡一晚，可是问了一下价钱我又悻悻地走了。八百元一晚的价钱不是我这种穷学生消费得起的。

上海真大……上海真繁华……我一路走一路问："请问哪里有便宜一点的旅店？"终于在十一点的时候我找到了一家便宜的招待所。

第二天上午我来到体检中心，找到了J院长。J院长人很好，他见我来了就热情地为我寻找档案，可是翻遍了档案室也没有找到我的档案。这时有个医生进来找他签字，一眼就认出了我："啊，这不是在××市体检的小W吗？"我也认出了她，她就是复检时又给了我一次机会的女医生。我赶忙向她问好。

"来这里继续体检吗？"她笑着问我。

"是啊，可是我的原始档案找不到了。"我说。

"哦，那可能在另外一个档案室里，我带你去找找看吧。"

她把我带到了另外一个档案室,说是档案室,其实就是个杂乱地堆满了档案袋的房间。我在里面找了一个多小时终于找到了自己的档案袋。

她接过我手中的档案袋说:"小W你挺有毅力的,其实你之前已经被淘汰了,这个档案室里放的都是被淘汰的档案。冲你这股劲儿,我决定帮你一个忙!"她说完拿出一块橡皮把我体检本上的"作弊"二字擦掉了!那竟然是铅笔写的!!!

接着,我顺利做完B超更换了旧档案,跟J院长道谢后就准备回学校了。

刚要买票时手机响了,那个女医生对我说:"小W,你的体检结果还是有问题。"当时我就傻了,怎么会呢?

"你的转氨酶偏高,是不是体检前太累了?"我这才想起之前为了准备文艺晚会经常通宵达旦地忙碌。

女医生让我明早空腹再去做一次血常规,并嘱咐我今晚一定要休息好。

我只好赶回去,但住不起一百元一晚的招待所了,我在体检中心附近边走边找,希望可以找到一个便宜的栖身场所。经过一番寻找,我的目光终于锁定了天桥旁边建筑工地的工棚。我觉得我可以求求工人师傅们,让他们收留我一晚。工人师傅们很热心地为我腾出一张脏兮兮的小床,我很安心地在那里睡了一晚,走时留下了我身上除了车票仅剩的四十元钱。

第二天一大早我就去体检中心抽血检查,结果出来后我把它交给了那位热心的女医生。女医生把检查结果和我的其他资料放在一起，接着反复检查了一番我的资料，才说"没问题了"。我这才放心地去乘坐回校的火车。

回学校之后又经过了一番漫长的等待。

由于体检时留的学校地址，担心暑假回家通知书会被弄丢，因此我决定整个假期都留在学校。

某天晚上我做了一个梦，梦到自己和爷爷睡在老家的土炕上，爷爷拉着我的手说："爷爷冷。"我一下子从梦中惊醒，然后抓起手机就给妈妈打电话，向她询问家里的情况和爷爷的情况。妈妈听到我问爷爷的情况时，忍不住哭泣起来，爸爸一把接过电话哽咽道："你爷爷快不行了，肝癌晚期，现在只能靠输液维持生命。"

爷爷居然时日无多了，我赶紧起身订了最早的车票回家。经过一番奔波，我终于见到了爷爷！爷爷这时已被疾病折磨得骨瘦如柴，他看到我时努力地抬了抬手。我走到爷爷的身边，蹲下身握住他的手说："爷爷，我来了！"爷爷眼中泛出泪光，他张着嘴想对我说话，可是只能发出咿咿呀呀的声音。我控制着泪水，凑到爷爷耳边说："爷爷，我考上飞行员了！你再坚持一下，我还要带你坐飞机呢！"

其实，我当时并不清楚自己能不能考上，我只希望这句话能让爷爷开心，能激发他战胜病魔的精神……

然而，爷爷还是走了，连那天下午都没有熬过去！

爷爷出殡的那天，我接到了招飞行员的老师打来的电话，我被录取了！通知书会在这周寄来！挂掉电话后我哭得一塌糊涂。

　　有次跟室友们聊起飞行员体检的事，我说自己辗转三个城市做了无数次B超才拿到了这张通知书。老朱说："我拿到这张通知书的过程，比你还艰难！为了它，北京、上海、南京、天津、四川，每个地方的体检我都跑了不止两次……"

　　《当幸福来敲门》里威尔·史密斯对儿子说："如果你有一个梦想，你必须捍卫它！"

　　我很赞同这句话，有梦想不去设法让它变为现实，那梦想只会是遥不可及的梦。有的事情，有人轻而易举就能完成，有人却要付出成倍努力。但我觉得，追梦途中多经历些坎坷未尝不是一件好事，因为这些坎坷让追梦之旅更为精彩……

你的人生有多少可能性

文 / 宋小君

最近一个读者向我倾诉她的烦恼。她在大城市工作了三年，可是薪水依然难以维持自己的日常开销。父母总是催促她回老家工作，可是她并不想回去，但又不知怎么说服父母让她留下来。

这种情况，漂泊在一线城市的人经常会遇到。很多人会问："大城市房租那么贵，生活节奏那么快，生活那么艰难，可是为什么还有那么多人不舍得离开？"

是啊，为什么呢？我想结合我的亲身经历，谈谈自己对这个问题的一些看法。

大学毕业的时候，我面临两个选择：一个是回青岛老家，跟父母做生意；另一个就是去大城市独自打拼。

我的家庭条件还算不错，父母在本地经营着一家颇具规模的装修公司。如果我跟着父母学习，凭我的文化和头脑，不出两年就可以接手了。

留在家里,有车有房有人照顾,会过得很舒服。

如果去大城市打拼,我要离开敬爱的父母,告别亲密的伙伴,远离熟悉的环境,还要从事一份每月三千元左右的工作。那里有什么样的未来在等我?我不知道。

好男儿志在四方,我毫不犹豫地选择了奔赴大城市,为了我的未来打拼。

第一年,忙着熟悉新环境结交新朋友,根本不知道什么叫苦。

第二年,工资稍有提升,可依然不够花,偶尔想改善一下生活,也要先看看自己的钱包。看着同学们在老家过得越来越好,这个创业成功了,那个升职加薪了,而自己还在格子间里低头看稿子,每个月领着可怜的薪水。每当闲下来,我都会想自己来大城市打拼的决定是不是错了。

没有人可以告诉我,我还要熬多久才能熬出头,我就像一只凭满腔勇气乱闯迷宫的小老鼠,分不清哪个拐角是坦途,哪个拐角是死路,只能硬撑着挨个尝试。

第三年,工资再一次微调,可是日子依旧过得拮据。领完工资的那天,我站在天桥上看着路上的车流,再一次动摇了。

不然回家吧!回家多好,可以陪伴父母,也能为父母分忧,说不定我学的那些知识还能派上用场!

可是,回家后我就能过上自己想要的生活了吗?不,并不是这样，我现在闭眼就能预见自己回家后的生活。

回家后，我会在爸爸的带领下慢慢接手家里的生意，每天和机械、装饰材料、不锈钢打交道，与客户讨价还价，为员工讨要工程款，想办法留住技术精湛的员工，还要给员工们谋求更好的福利待遇。

空闲的时候，我可能在办公室里看看书，写写东西。看的可能是畅销书，写的可能是一些牢骚。

两年之后，父母会以"男大当婚"为由对我进行催婚。那时我如果没有女朋友，父母会动用关系网为我安排相亲，相亲的对象或许会有张叔叔家的女儿，李客户家的侄女，爸爸同学的女儿，甚至我堂弟老婆的闺蜜。

遇到真爱的概率太小。可能经过几次相亲，我就会在父母的催促下草率地与一个姑娘结婚。

结婚后，在父母的催促下又会迅速地生孩子，接着操持生意，养活孩子。

随着年纪越来越大，琐事越来越多，我会失去创作的热情，把注意力慢慢转到孩子身上。

这样看来，我回家后的生活还是不错的，可是这并不是我想要的。

我如果接受这样的生活，那我当初何必来大城市打拼呢？

我的梦想是成为一名作家，于是来了这个城市追梦。出来三年，奋斗了三年，这期间吃了不少苦，如今终于稍有了起色。

我一直知道这样一件事，理想不会随随便便实现，理想也不会随着时间的推移自然而然地实现。若想实现理想，我必须付出努力。

我觉得我们的努力就是通过自己的拼搏和坚持，让自己的生活多一些可能。正是多了这些可能，我们才不会一眼就可以望见三十年后的自己。

正是这样的想法，让我选择了继续留下来。

留下，不一定值得敬佩。

离开，也未必就是妥协。

是去是留，关键还在于自己想过什么样的生活。

比起迈出脚步实现梦想，更重要的是什么

文 / 苏听风

P跟我说她辞职了，不再做外贸了，要去过自己想过的生活。

我跟她说："恭喜你啊，人生又有了新的开始。"想必，这个回答一定让她感到有些惊讶吧。

在短暂的沉默之后，P问我，对她的这个选择有没有什么建议。我想起了自己跟她类似的一段经历。

在大多数人的眼中，外贸还算是一个"高大上"的工作，它有着不错的收入，还有着舒适的工作环境。曾经，我也是外贸行业的一员，而且还有幸做到了管理者的位置。只是，我并没有感到开心和自豪，相反我的内心一直很苦闷，这是因为一颗想要从事文学创作的种子已在我的心里生根发芽。

一个环游世界的爱尔兰客人曾在邮件中跟我说：

You should change your life and go to see our wonderful world, before that, you need to make a plan.

  这一段话,给了我改变生活方式的勇气。于是,那一年我辞职后去了另一个城市生活,并重新找了工作。不过那时的我并没有P这样幸运,可以听到这句"恭喜你啊,人生又有了新的开始"。

  朋友们的反应是:

  "脑子进水了吧?放着大好前途的工作不做,竟然换行业了。"

  "积攒多年的人脉和资源,换了城市一下子就没啦。从头开始是很难的。"

  "再过几年,你就三十啦,守住眼前的工作,找个人结婚才是正事。"

  我没有理会她们的劝告,依然选择追寻心中想要的生活。

  我从一个几十万人口的小城市,来到了一个超级大都市;放弃了"高大上"的外贸行业,投身于并不被大众看好的出版行业;将一份收入可观的工作,换成一份收入微薄的工作。

  刚开始的几个月,新的生活并没有给我带来多少新鲜快乐,反而带来很多痛苦和挣扎。我每天在人潮涌动的城市中努力地寻找着那么一点点的存在感。

  这种感受,就像马丁在《我是演说家》里所讲的一样:他从一个大学老师转到自己喜欢的主持人岗位,从月薪一万多到月薪四千元，从每周工作十六个小时变成每天工作十六个小时，称呼也从马老师变成了小丁子。但是他说："……这一切痛苦的改变，只因为我愿意。我愿意每天早上起来不在床上赖一秒；我愿意每天对生活充满期待；我愿意每天累得像条狗，但依然能笑出来的那个样子。因为我在实现梦想，我在一步步地接近它。"

那个时候的我，也跟演讲中的马丁先生一样，心里一边忍受着改变的痛苦，一边骄傲地跟别人说："我愿意。"这是因为我知道自己生活的方向，我更知道这仅仅只是一个奋斗的开始，真实的生活，并不是你找到了自己想要生活的地方，从事了自己感兴趣的工作，从此就一帆风顺。

曾经那个爱尔兰客人跟我说，去看这个精彩的世界之前，一定要make a plan（制订计划）。马丁先生在演讲中说，他第一次做新浪的主持人时就被安排去采访作家刘墉先生。为了做好这次采访，他在两天时间内读完了刘先生的十几本书，并列举了三张A4纸的问题。

是的，做主持人是他的梦想，但并不是说站在台上采访了别人梦想就实现了，主要的还是梦想的价值。想做好这份工作并不容易，虽然马丁先生没有详细讲述他是如何从刚入行的卑微小人物成长起来的，但是我相信，这必定是一个极其不易的过程。它不是一个靠喊喊口号就能做到的。

Make a plan，这也是我从事读书工作的第一步。

第一年我从来没有休息过,我把自己所有的空闲时间,都用来看书,了解行业动向,参加城市活动,拜访每一个和我工作有关的老师。

在做这些工作的同时,我不断地加强自我建设,一直向着梦想的状态靠近。我不断地制定可量化的、能实行的、易坚持的方向和计划。于是,经过不断努力,在做好本职工作的同时,我成了一个书评人、专栏作者,还写了人生的第一本书。

回忆完自己的这些经历后,我跟P说,如果非要说一些建议的话,那就是确定自己想要生活的城市,确定自己想要从事的行业,然后再 make a plan。

每个人都向往诗和远方,每个人都想实现自己的梦想,可是勇于追梦的人却没有几个。勇敢地迈出改变的第一步,并不代表一定会走向成功,因为实现梦想、过上自己想要的生活,最重要的是接下来的行动。

梁启超先生在读《管子》后,写《管子评传》时说:"凡大人物之任事者,必先定其目的。三日於菟,其气如牛;江河发源,势已吞海。"《大学》里也写道:"物有本末,事有终始。"

梁先生所说的目的,大学里说的始终,都是说我们在做一件事前,一定要有一个"终"的定位。举个通俗的例子,就是如果你想要从深圳去北京,你得先知道北京在哪儿,离深圳有多远,你可以花费多长时间在路上，再决定你是坐飞机还是坐火车。

如果没有这些先决条件，就仓促改变自己现在的生活，那是对自己人生的极不负责。

对于一艘没有方向的船来说，任何方向的风都是逆风。如果确定了梦想的方向，无疑是给自己的巨轮装上了帆，于是便会化阻力为动力，顺畅地到达彼岸。

少年，别把你的鞋丢了

文 / 野马君

我喜欢写作，现在也算是靠写作为生。前几日，因为工作关系，联系到了初中的同学。

这个同学，处女男一名，由于工作忙应酬多，晚上还经常打DOTA，于是原本就雪白的脸越发没了血色，成了一个没血色的白胖子。

且说是这么说，我的这位同学还是很享受这种生活的。其实，我的生活也并不比他规律多少，在键盘上码字，稿子催得急时经常会饥一顿饱一顿，浮肿的脸上时不时地会泛起"僵尸白"。

如今，我和我同学都是小白胖子，这既有先天的因素，也有后天的"补给"。不知情的人会认为我们生活过得滋润。其实这很难衡量，即便有人知道我俩形成这种身材的原因，也不能断定我俩的生活谁的滋润，谁的不滋润。不过，也有人直截了当地说：看他俩那惨白样儿，活脱脱就是俩僵尸！

我反对将评价标准量化，毕竟人和人之间存在差别是不争的事实。就如同你最好不要让我同学来替我写文章，或让我替他去组织经营。

人要穿合脚的鞋，瞎穿是要出乱子的。

作为一个码字儿的，我有不少机会做这种类似于"体验生活"的事，因为我要写文章，没有体验就写不出好文章。可是，我的同学却没有充分的理由和动力来做这件事。

从初中开始，我的理科成绩就以一种令人瞠目结舌的速度直线下滑。

直至今日，在我感到压力颇大的时候，晚上做梦依旧能梦见考试，只不过考试的地点在不停地变换：幼儿园的小操场、小学的阅览室、高中的艺术楼、大学的图书馆甚至报社的电影院。但有一点始终相同：我的答题卡上永远写着0分。

上学那阵儿考试发挥失利，大家最直接的反应就是大哭一场。这没什么不妥，哭是人类最简单也最有效的一种宣泄方式。

对于哭所表达的感情，我们可以有很多种解释：痛苦、感动、伤心、恐惧、懦弱、激动、欢喜……

用哭来缓解恐惧和悲伤，是很正常的行为。可是，不知从什么时候起，很多人认为遇到挫折就哭是具有上进心的表现，而不哭的人就是不求上进。于是，每次大考过后，班里的同学就会痛哭流涕。

有时我也会安慰一下痛哭流涕的同学，可是这并不代表我认同哭泣就是具有上进心这种观点。我极少哭，当然从我考出的成绩来看，我连哭的资格都没有。

在我看来，人们之所以哭泣，是由于他们意识到自己的天赋和能力在某一瞬间是极为有限的。这是所有人——当然也包括我在内——在重要时刻都惧怕接受的现实。

实际上这并没有什么值得惧怕的，因为人的能力和天赋本来就是有限的。拿我来说，除了在数理化方面不太灵光外，我的音乐才能也很欠缺。

数学和音乐之间有着某种奇妙的联系，擅长音乐的人中有不少是代数天才。这个事实对我而言实在不是一件值得高兴的事，不过这为我在这两个领域不能取得骄人的成绩找到了一个极为合理的解释。

小时候，除了数理化之外我最怕的就是上音乐课。值得庆幸的是，我唱歌不跑调，可直到六年级，我才勉强弄明白怎么读C大调的谱子。

大三的时候我学了三个月的吉他，这个悖逆天性的冲动决定让我后悔不迭，还因此搞出了满手的老茧。

为了对抗强大的劣势基因，我强迫自己每天练习三个小时，并一口气坚持了三个月。可是，即使我这样刻苦练习，我的老师仍旧不能听出我弹的是什么曲子。

去年我一个人屁颠儿屁颠儿地跑到成都，在锦里看到了一种名叫"三大炮"的小吃。这种小吃就是普通的糯米麻团，但做法却颇有意思，面点师傅把糯米团子砸在面前的铜锣上，再经由铜锣把团子弹进油锅。"梆！梆！梆！"三响过后，我恍然大悟，我弹吉他时发出的就是这种声音！

从我蹩脚而僵硬的指法上，我完全晓得自己的演奏水平，只是苦了那位教我的老师，白白地浪费了心血。但是，把吉他弹得跟架子鼓似的也并非我的本意……

我始终坚信这样一个道理：每个人都有适合自己的鞋，这双鞋不见得多么昂贵，但你穿上它会很舒适，并会在它的支持下一步步走向目的地。

鉴于自己的理科成绩实在糟糕，所以高中分班的时候我选择了文科。虽然我觉得甘愿放弃学习理科并不好，可是我又觉得把时间浪费在自己不擅长的领域也并非明智之举。如今想来，我依然不后悔自己当初的选择。

前几日，同学问我："你还在写文章啊，从小写到大你不烦吗？"我想说对于写作自己从没厌烦过，不仅如此，我还很享受写作的过程。

在我小时候，妈妈曾有让我学习音乐的想法，并为我购买了手风琴。可是，当那架做工精良的手风琴摆在我面前时，我想将它描述下来的冲动要远远多于想演奏它的冲动。于是,我注定不能成为一个音乐家。

　　当然,我如实地写出自己的想法,只是希望给朋友们提供一些建议,让大家在面对困境时可以做出理智且趋利避害的选择。我并非想令大家在学习新知识时过于"挑食",相反,我一直认为广泛地涉猎和学习知识是幸福的。可是,我们也不得不承认这样一个事实,每个人擅长的领域不同,学习各类知识的能力也存在差异。我们永远不可能在自己接触到的所有领域都呈现出完美的自己。所以,在我所构筑的关于未来的梦里自己从来都不是科学家或音乐家。

　　即便在自己挚爱的领域里,我们付出了也未必能得到应有的回报,更别提强迫自己去做自己不擅长且不喜欢的事了。

　　我们都有自己的天赋和梦想,我觉得依靠自己的天赋来实现自己的梦想是最为美好的一件事。从小我就喜欢写作,如今从事着自己热爱的文学创作,并用它来保障自己的生活,而且还在一点点地进步和自我提升。这于我而言,是非常幸运的一件事。

　　希望大家也可以发现自己的天赋,并用这天赋去实现自己的梦想,从而过上自己想要的生活!

我也曾经历过迷茫

文 / 杜坤

研究生刚毕业那年,是我过得最惨的一年。

那年的5月27日下午,我去参加了一家世界五百强公司组织的面试。面试完,外面下起了雨,天空阴沉得吓人,我从面试大厅狼狈地走出来,这是我人生中第一次参加工作面试,结局以惨败告终。参加面试的都是各个名校的应届毕业生。不站在同一个平台上相互比较,你可能永远都不知道自己欠缺多少技能。我一直觉得自己身为名牌学校的研究生,气质、学识都很不错,可是这场面试改变了我对自己的认知。

面对面试官的提问,那么多人都可以做到随机应变,对答如流,可自己却紧张到说不出话。坐在椅子上看着同伴流利地回答面试官的问题,我恨不得赶紧逃离这里……

终于挨到了面试结束,我想尽快离开这个让我难堪的地方,可这时忽然下起雨来。于是，我一头冲进雨中，任雨水混合着泪水在自己脸上流淌，跑了一阵我才想起打个车回学校。坐在车上，看着车窗外往下流淌的雨水，我不禁想：我放弃继续读博，选择开始工作，难道真的错了吗？

不再继续读博是我想了很久才做出的一个决定，我想自己读了二十多年的书，还从没真正地去认识这个世界。如果继续读下去，我可能一辈子都会与社会隔绝，永远无法走出来。

不再读博的这个决定遭到了全家的反对，父母甚至以断绝关系相威胁，让我改变主意，但我没有屈服。

回到宿舍我躺在床上发了会儿呆，然后爬起来重新浏览招聘网站。由于专业不好，我很难找到对口的工作，于是只要看到自己想从事的工作岗位就会投简历。

可是，我投出的简历大部分得不到回应，偶有回应的，也是委婉地拒绝。直到毕业邻近，才有一家北京的公司通知我去面试。

面试的时间在第二天下午，而我直到前一天晚上才收到面试通知。于是，我急忙订了第二天一早的火车票，早上醒来便匆匆忙忙地赶往火车站。

由于对北京不熟，我颇费了一番周折才来到这家公司。前台女孩见了我，连忙为我安排面试。三个西装革履的公司高管对我进行轮番提问，很快我就眼前发黑，不知如何进行应答。

我在心里暗暗地想：来这里完全就是受虐的，根本不是来应聘的。

面试结束后，一位面试官微笑地说："这次面试就这样吧，至于结果，我们三个还需要再商量一下，近期会给你答复。"

出来的时候，太阳已经西斜，我已经没法赶回学校了。不幸的是，由于出门匆忙我没带多少钱。于是，我只好在北京的街上四处游荡。晚上的北京灯火辉煌，美极了。本想找个没人的地方，打个地铺凑合一夜，但夜晚温度骤降，我衣服单薄实在熬不住，只好四处找便宜的旅馆。可是，接连问了几家都没有空房间，我只能缩着身子抱着双臂继续寻找。走着走着，一股委屈瞬间涌上心头，从小到大自己哪儿遇到过这样的事情！

可是，自己选择的路，跪着也要走完。于是，我抹去眼泪，继续找旅馆，终于在一家破旧的门市旁边找到了一个便宜的小旅馆。这个小旅馆十分破旧，里面没有前台，只有一个老爷爷负责收账和记录。交钱后，老爷爷把我带到房间，并把钥匙交给了我，然后匆匆下楼了，说不上友好，也不能说不友好。

这个房间不足五平方米，除了床和桌子之外别无他物。不过，墙的一角罩出了一个厕所，可是厕所的马桶居然是坏的，淋浴也是坏的！我奔波了一天，想洗个热水澡舒舒服服地睡一觉，现在看来是不可能的了。我用忽冷忽热的水草草地冲洗了一下身子，然后站在床边等身子自然晾干。我也想用毛巾擦一擦，可是洗了一半才发现，这里并没有毛巾。

等身子干了之后，我终于躺在了床上，这时本来已经困倦的我，却丝毫没了睡意。窗外的路灯依然亮着，偶尔有车开过，我痴痴地望着窗外的夜景，心想：这就是北京啊，这就是很多人向往的地方，很多人怀着梦想而来，很多人又带着伤感离去。

很明显，我就是那个即将带着伤感离去的人。也许，很多人都有过和我一样的经历吧。

毕业的日子越来越近，同学们陆续地搬离了宿舍，我想继续找工作，北京的那家公司也还没给我回信，于是我边找工作边等消息。

两周之后，这家公司终于给了我答复。他们对我说，我申请的职位没有得到录用，不过如果对他们公司印象不错的话，可以考虑一下销售岗位。

我先是愣了一下，然后支支吾吾地答应下来。

那边又回：如果没什么问题，下周一就可以来公司报到了。

我把学校的事情处理好，又把东西都寄回家，然后只身来到北京。到了公司后，带我的领导张哥详细地向我说了待遇的问题：底薪三千，其他的按销售额度来拿提成。

三千？我怎么活啊！即便可以拿提成，没有任何经验的我前几个月根本赚不到多少钱。

可是，如今的我没有退路了，只能硬撑。

爸妈已经很久没给我打钱了，我找同学借了点钱，才在北京最偏的地方，租了一间房子。这房子虽然不是地下室，但比地下室也强不了多少，房租一个月一千五百元。床是老旧的木板床，翻身的时候床就会吱呀吱呀地响。

由于住的地方离公司很远，路上要花费一个多小时的时间，因此我只能早早地起床，每天在公司和住所间疲惫地奔波着。工资三千，房租就花去了一半，再除去交通费，我剩下的钱屈指可数。于是，我的一日三餐就能省则省，经常馒头配咸菜就算一餐，方便面有时候在我眼里都会成为奢侈品。来北京之前，我从没想过自己会过这样的日子。

两个月之后，我的业绩还是很低，工资依然少得可怜。那时候，我真的觉得自己撑不下去了。我经常站在天桥上，看着这个城市繁华热闹的街道，想着自己干瘪的荷包，然后告诉自己：这个城市的繁华与你无关！

我萌生了辞职的念头，但不好意思直接向张哥递交辞职报告，因为这两个月一直是他在带我。我算了算身上的钱，还能够请他吃一顿饭，于是打算请他吃饭并与他道别。

张哥很痛快地答应下来。

我们找了个环境不错的餐厅边吃边聊，由于没有控制好情绪，说到委屈处，我竟不争气地哭了。

张哥一边给我递纸巾，一边向我讲述起他刚来北京打拼时遭遇的艰辛。张哥最后对我说："谁刚来北京都不容易，大家都没工作就要先租房，房租还要押一付三。不过，忍一忍，熬过这一段就好了。"

张哥揉了揉我的头，起身埋了单。临别时，张哥对我说："要去要留我都尊重你,但是,有些事情坚持下去,或许会有不一样的结果。"

听了这句话,我的心头一热,因为我知道这意味着挽留。我来北京这么久,这是第一次感受到被人看得起的滋味。

好赖,我还活着不是吗?只要饿不死,我就不做逃兵。

我终究没有辞职。

我终于熬过了那段日子,工作和生活慢慢地走上了正轨。我偷偷摸索各个客户的喜好,有位客户喜欢晨跑,因为我们住得不远,于是我每天都会早起陪他跑步。时间长了,我们变得亲密起来,他为我介绍了很多客户。

下班后,我不再着急回家,而是先去拜访一些客户。我热心地询问他们对公司产品的使用情况,免费为他们答疑解惑。虽然这种做法耗费了我不少时间,但我的内心深处有一种说不出的喜悦。

如果一个人把努力做到极致,上天一定会忍不住向他伸出援手。我的工作慢慢地有了起色,待遇也得到了提高,后来居然还升了职。

后来,我搬离了原来的住处。走的时候我看着那个房间,心里还有一丝不舍,这毕竟是在我最困难的时候收容我的地方。

人这一生总会遭遇各种各样的事,结识各种各样的人,我们会彷徨和迷茫,会担心和害怕,也会开心和欢笑。正是因为有了这些体验,我们的人生才变得不再乏味。

很多时候，我们觉得选择太难。如果只有一条路能走下去，我觉得这个世界上，不可能有"迷茫"这个字眼的存在，正因为有了选择，有了各种各样的路摆在面前，我们才会迷茫。

因此，遭遇困难和挫折时，不必惊慌失措，也不必彷徨迷茫，坚持下去可能就会迎来精彩的结局。

没错,我就是喜欢努力赚钱的自己

文 / 二毛

朋友昨天去西单购物,在一家店铺发现一条让她爱不释手的裙子。由于价格不菲,她站在店里思索了好一会儿到底要不要把它拿下。

没等她想好,旁边的导购就发话了:"别再摸来摸去了,这条裙子是限量款,你买不起的。"

我朋友听了这句话内心非常不爽,她本想和导购好好理论一番,但想到这条裙子上万元的价格确实让她吃不消。于是,她强忍着内心的愤懑,拎着包匆匆离开了。

她说,要是她有足够的钱,一定会把钱狠狠地砸在那人的脸上,告诉她不要轻易给别人贴标签。

每个人对理想生活的定义有所不同,但没有人可以否认,钱实在是太重要了。

亦舒说过，有钱最大的用途，是使我们比普通人更像一个普通人。

电影《真情假爱》里面，玛丽莲与迈尔斯的感情饱经曲折，在两人结为夫妻之后，迈尔斯问玛丽莲是不是因为钱才选择嫁给他，玛丽莲斩钉截铁地回答："我并不爱钱，但我知道钱能带来独立和自由，我喜欢的是独立和自由的生活。"

只有实现物质丰绰，才能实现生活自由。想要买的东西，想要去的远方，用几叠钞票就能解决。钱也可以让自己避免做一些不情愿做的事，打破很多束缚。

两年前，由于公司所处地段的房租太贵，我在临近郊区的一栋单元楼里租了个单间。房租确实便宜了，但每天白白耗费了我很多时间。

我每天得走三公里才能到地铁站，坐上地铁后，又得颠簸两个小时才能到公司。这样，我每天花费在路上的时间就有五六个小时。

如果我有钱租住在公司附近呢？我完全可以迎着朝阳晨跑半个小时，然后为自己做一顿营养丰富的早餐。可是被钱所限，我只能租住在郊区，每天在路上白白浪费时间。

经济学里有个叫作"机会成本"的概念，它是指做一个选择后所丧失的做其他选择时可能获得的最大利益。简单来讲，可以理解为把一定资源投入某一用途后所放弃的该资源在其他用途中所能获得的利益。

你可以用头等舱代替十几个小时的火车硬座，可以请家政阿姨洗衣做饭，可以用 Mac Air 取代原来那台卡到宕机的笔记本，然后，将这些节省下来的时间用在工作、旅游或其他具有高价值属性的事情上。

比吞噬钱更可怕的，是吞噬你精力的东西。

从某种意义上讲，钱买到的是时间，是生命！

十五岁那年的生日，我至今记忆犹新。

那时候，我家的生意出了点意外，父母欠了不少外债，每天都有债主上门讨债。为了尽快还清外债，全家省吃俭用，就连我的零花钱都给取消了。

以前生日这天我都会邀请同学来家里聚餐，可是十五岁生日这天不行了。面对同学送我的礼物，我只能笑笑还给人家，说："你们记错了，今天并不是我的生日。"怕他们询问，那一整天我都躲着他们。

好不容易熬到放学，我背起书包就往家跑。路上收到妈妈的短信，她说今天是我生日，但她和父亲要加班，她们把钱放在茶几上了，让我自己出去买面吃。

回到家，我拿了茶几上的十元钱，来到路边摊点了一碗面，就着昏黄的灯光默默地吃。这时，我第一次感受到钱财的重要。

富兰克林曾说：口袋空空的人直不起腰。的确，有了钱，在治疗花钱如流水的重病时，能够拍拍胸脯轻松承担；有了钱，在面对因经济形势变劣而导致受挫失业时，能够不为生计担忧；有了钱，在与业界名流共处一室时，能够谈笑自如不被他人气势压倒。

从某种意义上讲，有了钱也就有了生存的底气。

有好些读者咨询我，HR通知他们去面试，但公司是异地，到底该不该去。

除了给他们提供一些个人的建议之外，我想说我们不得不承认这样一个事实——过度犹豫这个问题的人，没有那么多的试错成本。

如果家境殷实的话，只需要注意路途安全便是。即使到了那边没有通过面试，也不过花费了两张机票；如果面试通过了，则高高兴兴地在那边工作生活。可是，如果家境较为拮据，考虑更多的则是，如果过去了没有通过面试，那路费不就白搭了？

于是，当机会来临时，穷人往往左思右想，生怕上当受骗白白浪费金钱，可能也正因如此，机会来临时他们往往抓不住。

Twitter创始人Biz Stone曾经说过："对我来说，金钱最重要的意义在于，它能帮助我打消一生中最大的焦虑。"

富人有充足的资源缓解失败带来的冲击，他们可以统观大局，放眼未来，不以一城一地之得失论成败；而穷人，在奔赴"战场"一线时，首先要考虑的便是路费这样的骨感现实，以致于白白失去了很多机会。

《情人》里面，有这样一段话——

他问："那你怎么办？"

她告诉他："反正我在外面，不在家里。贫穷已经把一家四壁推倒摧毁，一家人已经被赶出门外，谁要怎么就怎么。胡作非为，放荡胡来，这就是这个家庭。"

穷，确实会给生活带来不少困扰。

因为穷，你一举一动都极有可能受到条条框框的限制；

因为穷，你会比别人走更多的路，浪费掉更多的资源；

因为穷，你不敢尝试心之所想，即便这件事你向往了很久。

这些人生的挡路石，用钱就可以铲除掉大多数。

在现实生活中，我们没有理由将钱视为仇敌，我们要做的，是努力去拥有它。用我们勤劳的双手，踏踏实实地挣钱，然后光明磊落地好好爱它。

层次越高的人,越不会复制别人的人生

文 / 桂公子

我一直很欣赏那种有着明确人生方向的人,因为这些人总是坚定地走自己的路,从不会随波逐流。

我的大学室友李达就是这样的人。

李达和我一样大学时都学的刑法专业,不过,他在大一的时候加入了学校的摄影社团,并从此对摄影产生了浓厚的兴趣。此后,他经常利用周末的时间,跟着社团的前辈们学习各种摄影技巧,并进行实地摄影训练。

大二那年,李达为了购买满意的摄影器材和赚取足够的旅行经费,开始疯狂地做兼职。到了大四,他为了拍出漂亮的图片,经常去外地采景。

毕业时,同专业的同学们大部分去了律师事务所实习,有的同学还进入了法院或检察院。李达的父母本想让他回老家的律师事务所工作,不过李达拒绝了。

李达明白自己喜欢的是摄影，想从事的工作也是摄影，父母的安排也好，同学们光鲜的工作也罢，他都不以为意，一心只想追寻自己热爱的事业。

他毕业后没有回老家，而是用自己上学时积攒的钱在上海创建了摄影工作室。短短两年的时间，这个工作室就积累了良好的口碑，受到了业内人士的认可。

如今，李达的摄影工作室每天都会收到客户的约拍，看到李达的事业进入正轨，我真为他骄傲。

李达曾向我分享了发生在美国的一次旅拍经历。

那天，他在美国旅行时认识了一些人，便与这些人结伴而行。后来，他们路过一家品牌店，这些人就一窝蜂地冲进店内抢购包包和鞋子。他疑惑地站在门口，小声地说："好不容易出国游玩，为什么还把心思用在购物上？"

这时，有个人告诉他："这家店的东西都是限量款，国内不容易买到。"

李达心想：那些走过的路看过的风景也是限量款，这些远比物品更加珍贵和难得，可是，很多人都没有意识到这一点，总是白白把它们浪费掉。

的确，每一趟旅程都是限量款，正如人生的每个阶段也是如此。或许连李达都没有意识到，他的人生经历任何人都无法复制。

层次越高的人越了解自己，也越有勇气去过自己想要的生活。

一说到摇滚歌手,我的脑海里总会不自觉地浮现出窦唯的样子。

窦唯曾是红极一时的"黑豹组合"主唱,组建过"做梦乐队",1994年在香港红磡有过令人震撼的演出。世事在变,唯一不变的是窦唯始终燃烧的摇滚之魂。

上职高时,他对父亲说:"我想玩儿音乐。"于是,18岁的他考上了北京青年轻音乐团,开始了自己的音乐生涯。

后来,他加入黑豹乐队,几乎包揽了所有的词曲创作。《无地自容》《Don't Break My Heart》《别来纠缠我》等一系列歌曲,都曾在香港商业电台排行榜上高居榜首。

离开黑豹时,他剪掉了标志性的长发,只留下了一句:"我不喜欢这种不断重复自己的过程,天天唱一样的东西来赚钱,没意思。"

接着,他组建了"做梦乐队",出了个人专辑《黑梦》,并为王菲操刀完成了《浮躁》,向这个世界宣告:他爱音乐。

后来,窦唯改变了自己的音乐风格,能听懂他的音乐的人越来越少,不过他不为所动,因为他觉得音乐不是献媚和娱乐,不能将音乐视为赚钱的工具。

他曾对记者说:"我就想过一种很普通的生活。……我对做音乐的理解是:我所从事的,只不过是我有兴趣和擅长的事情,仅此而已,再简单不过。"

窦唯我行我素了几十年,他坚定地走在属于自己的音乐之路上，从不需要别人去评判他做出的音乐是否成功。但是，正因为他保持着这样的态度，才做出了与众不同的音乐。不可否认，窦唯的人生很独特，任何人都无法模仿和复制。

想必大家身边都有这样的人，他们今天喜欢这个人的发型，明天又想入手那个明星的同款潮品，总是活在对别人的盲目崇拜里。

同事暖暖就是这样一个姑娘，她来公司已经半年了，可是大家对她的印象还只停留在她每天变换的穿衣风格上。

公司对员工的着装没有要求，暖暖有时会化着淡妆，穿一条清新淡雅的碎花小裙子来上班；有时又会浓妆艳抹，梳着满头小脏辫，身穿皮衣皮裤进公司。当然，干练的职业装她也尝试过。这样每天一变的造型，难免让人觉得她怪怪的。

暖暖不仅打扮上喜欢追赶潮流模仿别人，就连行为习惯上也喜欢模仿别人。有一次，她觉得上司的说话方式有气质，她就悄悄模仿。还有一次，她发现公司一个女孩走路的姿势很漂亮，也悄悄地学。可是，这些并不适合她，她做出来的样子只会让人看着不舒服。

也许正是因为暖暖很爱模仿别人，才导致我们与她相处了大半年依然摸不透她的性格。

有人曾问过暖暖：为什么这么喜欢模仿别人？

暖暖说："我不确定什么样的打扮最适合上班，所以看到最近流行什么，就学着穿什么；我不知道身处职场怎么说话更得体，就想努力地学习，让自己快速成长。"

正是受到了"快速融入新环境"这种思想的支配，暖暖才一头扎入了模仿他人的行为之中，导致迷茫不安从而失去了自我。

她的这种心理，想必很多人都曾有过。当我们想拥有某种生活的时候，总是不自觉地模仿他人；看到别人的日子有滋有味，便误以为照搬就会获得幸福。

可是在学习别人的时候，我们应该想一下这个行为是否适合自己。别人的人生纵然万般好，倘若与你格格不入，倒不妨回过头来好好做自己。

人与人之间的差距究竟在哪里？是金钱的多少？还是权力的大小？显然都不是。真正的差距就在我们有没有勇气做自己，有没有勇气去追逐自己想要的未来。

我们羡慕李达坚定地从事自己喜欢的事业，也敬佩窦唯可以不顾世界的看法恣意地生活，可是，我们要明白，我们无法复制他们的人生。

不随俗浮沉，不人云亦云，用灵魂和梦想填满生活的内容。这种限量款的人生里，有你的生活态度，有你不可磨灭的自我。

PART 2

我们终将成为最初期盼的那种人

我们终将努力成最初期盼的那种人

文 / 戴日强

你讨厌现在的自己吗？

这些年不断听到身边的朋友感慨地说："我们终将会成长为自己曾经很讨厌的那种人。"

这话似乎没错，成长过程中有太多的无奈，为了适应社会我们又总是选择委曲求全，于是慢慢地我们就变成了自己曾经讨厌的那种人。

但是仔细想想，也许我们只是对某些事情的看法或做法不像小时候想得那么简单，而实际上我们的信仰和坚持并没有改变。

小嫣是我在前公司签约的一个"95后"写手，年纪轻轻就出了人生的第一本书。到底有多年轻呢？出第一本书时，她才刚上高中。小嫣不仅颇有文采，还多才多艺，她的舞蹈跳得特别棒，并如愿地考上了梦寐以求的艺术院校。进入大学后，她很快就找了个帅气逼人的男朋友，随后我们便鲜有联系。

再次联系时已经是三年后了，互相寒暄了几句之后，她对我说她失恋了，她现在非常讨厌自己。

我笑着说："这些年你是遭遇了什么，那么久没跟大叔联系，怎么从一个妙龄少女变成一个悲观的弃妇了？"

她没有正面回答，而是继续说："读书时候写作、跳舞、学习、做下午茶等都顺风顺水，比身边的同龄人优秀很多，一直以为长大后就可以变成风华绝代的女子，但是现在发现一切都跟想象的不一样。更可怕的是，自己居然变得越来越世俗，有时还会感觉越来越像当年自己很讨厌的那种人。"

我反问："是不是失恋让你讨厌现状呢？"

小嫣否认说失恋只是一个契机而已，之前光顾着恋爱没去怀疑，现在一想，自己真的变成当年自己鄙视的那种女人了。

九岁的年龄差让我们之间有着很大的代沟，我不知怎么安慰她，于是向她提了几个问题：你的爱好变没变？那些爱好还有没有坚持？下一步有什么计划？

小嫣说，她的爱好没有改变，写作和跳舞还在坚持，还想系统地学一下做甜品，不过并没有想好下一步怎么做……

我说："我不是什么梦想导师，不能给你太多意见，不过王明阳提过'心即理'，其实你的回答已经给你答案了，追寻你的初心就不会迷失方向。"

几个月后小嫣又联系了我，说自己系统地学了下午茶的制作方法，如今和朋友在杭州经营一家甜品店。闲暇时，她会写小说，名字叫《我和胃一起治愈了失恋》，她在这部小说里融入了一些甜品的制作方法，故事也让人感觉甜甜的，治愈人心。她偶尔也会去舞蹈学校教小孩子跳舞赚取生活费……

成长确实会伴随很多烦恼，岁月有时会抹去我们的棱角，但不用讨厌和鄙视现在的自己，只要找回那颗初心，我们终将会活成自己最初期盼的样子。

没想到《中国合伙人》这个不属于我成长年代的青春电影居然感动了我。

看到成东青在几万人的舞台上演讲时，孟晓骏说："二十年前那个演讲的人通常是我。"

是的，二十年前在大学里，孟晓骏看不起懦弱地躲在后面的人，他一心要去美国追梦。

记者问成东青："你是他见过最没有原则的人之一，您同意他的看法吗？"

成东青说："他应该去掉之一。"

入学时成东青最讨厌没有原则的人，最后他自己却变成了那种人。孟晓骏一直看不起沉默的成东青，可没想到二十年后他却成了沉默的"成东青"……

王阳是一个放浪不羁的诗人，为了写诗他甚至可以不去工作，但是二十年后结婚那天，他却说："我以前只会过一种生活，就是跟别人不一样。现在我知道了，大多数人都会选择的生活，才是值得的。所以，我娶了李萍……"

这句话从诗人气质的王阳嘴中说出来，顿时有一种成长过后的悲凉和无奈。

"成冬青，到底是我们改变了这个世界，还是世界改变了我们？"这是冬青在与苏梅重逢时，回忆他们当年打越洋电话时苏梅对他说的一句话。

他们是否都成长为自己最讨厌的那种人？

是不是若干年后，我们也会变成自己曾经讨厌的那种人？

我想不是的，记得孟晓骏在一开始的讨论会上说："我们这代人最重要的是改变，改变身边每个人，改变身边每一件事，唯一不变的是此时此刻的勇气。如果我们能做到这一点，我们将改变世界。"

从头到尾，孟晓骏都在阐述一个信念：自信与勇气！

其实，孟晓骏还是成长为最初自己想要的那种充满勇气和自信的人。

而王阳虽然对生活选择了妥协，但是他内心依旧潇洒，依然是那个留着长发、写诗、泡妞、追求远方的少年。

而很多人不知道，成东青下班后总是关着电灯，不为浪漫，只为省钱。

如果额头终将刻上皱纹，我们能做的只有不让皱纹刻在自己的心上！

真正能改变世界的人到底有多少？有的人甚至提出乔布斯不是在改变世界，而是在顺应初心地发展。雷军经过几年的思考决定从金山转到小米，他这个想法也只是"顺势而为"。所以，无论世界如何变化，我们被岁月变成怎样的模样，都不能忘却自己的初心，毕竟只有初心才能让不断变化的我们保留唯一的真实性。国庆节回家参加中学同学聚会，"院长"跟我感慨，说自己高中时那么的疾恶如仇、出淤泥而不染，坚决和一切恶势力抗争到底，特别讨厌虚伪的人，而现在进入社会多年以后，为了谈成业务拿到订单，左右逢源、虚与委蛇，彻底变成了当初自己讨厌的那种人，无比鄙视自己。

我反问说："所做这些妥协难道不是为了创业吗？"

"院长"说："是为了创业，但是自己确实很虚伪。"

我又问："那你高中时候跟大家吹过的牛还记得吗？"

"院长"笑了笑说："必须记得啊！"

我说："那不得了，读书时你吹嘘以后要开一家特别牛的公司，这十几年下来，你所有的努力难道不是为了最初那个目标？"

"院长"似乎有点认同，我继续说道："不说别的，你之前杭州创业，睡地下室，吃隔夜盒饭，又回老家做电商，赔得一塌糊涂，经历那么多坎坷后，现在在厦门做渠道生意，我觉得你跟王兴有一拼，走了校内网、挂了饭否网、再开美团网，即便长大后变得不再单纯，即便命途多舛，但你创业初心不死，这些我都看在眼里。看看你现在的公司，都'四个小目标'的估值了。"

"院长"打断我说:"是7.5亿,谢谢。"

我反击道:"有钱了不起啊……"

忽然想起自己上高一时,班会讨论"为什么读书"的话题。

大多数同学都说读书是为了考上好大学找到好工作,当年单纯的我义愤填膺地站起来说:"周总理说'为了中华之崛起而读书',我说我为中华再崛起而读书不知道会不会大了点,但是我的小目标是为了发扬中华文化而读书。"

当时全班同学回我一阵唏嘘,班主任也劝我要务实。

十几年后的今天,我不再单纯,也消去了曾经疾恶如仇的棱角,甚至变得有些追求名利,还学会了左右逢源……很多时候我也在想:我是否真的变成了当年自己很讨厌的那种人?

后来想想不是这样,自己这些年依然坚持写作,并一直为了创立一个庞大的文娱帝国而努力……我想,我一直在努力成为自己最初期盼的样子。

岁月不止,初心不忘,方得始终。

你我都在路上,也许,命运不曾亏欠你的努力,每个人都在追寻自己的初心,无论世界有多少变化,我们又变成如何的模样,找回最初的自己,知行合一,我们终将努力成为自己最初期盼的那种人。

努力和不努力，拥有不一样的人生

文 / 李思圆

今年，我回老家过的春节。这次回去，我发现老家的年轻人早已丧失了以前的那股冲劲。这两年老家的旧城区进行改造，每家分到新房子的同时还收到了一大笔补偿款。于是，很多年轻人不再外出打工，而是靠着存折里的那一大笔补偿款生活。

他们每天睡到日上三竿才起床，中午大鱼大肉一通猛吃，吃过饭后就直奔棋牌室，凌晨才会慢悠悠地走出来，而且输赢都是上千元。

我原本以为他们过节的时候才会这样，后来才知道他们每天都如此度日。

我家邻居王哥今年才三十岁，正是年轻力壮的年纪，如今他不再外出打工，也不另寻赚钱途径，而是整天待在家里打游戏。

他说："我如今有车有房，手里还有足够生活的存款，何必再去苦苦工作呢？看看那些富人，他们辛辛苦苦地赚那么多钱，过得可能还不如我舒服！"

他的这番话不禁让我想起了下面这则小故事。

一个富人去海边度假，偶遇了一个渔翁，富人好奇地问他："为什么不去努力工作？"

渔翁不解地问："努力工作会得到什么好处？"

富人说："如果你辛勤劳作，就会得到财富。有了财富，你就可以像我一样，躺在沙滩上晒太阳。"

渔翁很得意地说："我每天都可以在沙滩上晒太阳，为什么还要去工作呢？"

富人看了渔翁一眼，说："努力挣钱就可以拥有更多选择，我可以选择在沙滩上晒太阳，也可以选择去南极看雪，去巴黎喂鸽子，甚至去迪拜的五星级酒店安眠。而不是毫无选择，只能衣衫褴褛地在沙滩上晒一辈子太阳。"

我想，努力奋斗的意义，真的不在于挣了多少钱，有了多少权，得到了多少荣华富贵，而是在面对生活时，我们不必拘泥于方寸之地，过着没有任何期待的日子。

我的堂姐工作七年了，仍然是公司的"杂工"。她不仅要像文秘那样写报告、做PPT、整理资料，还要像前台小姐那样接电话、发传真、寄快递，闲暇时甚至还需要推销产品。

她一人身兼数职，工资应该很高吧？不，她的月薪只比实习生高一点点。

由于她做的都是七零八碎的事，在公司一直得不到重视，于是每次有升职加薪的事情，老板都想不起她。

既然如此，她为什么不换一家公司呢？

因为她不敢！

堂姐只有中专学历，工作能力也不高，她还不愿去提升自己，于是只能在这家公司蹉跎岁月。

龙应台曾说："我希望你努力，不是为了要跟别人比成绩，而是希望你将来拥有选择的权利，选择有意义、有时间的工作，而不是被迫谋生。"

堂姐这几年为了谋生一直在从事毫无技术含量的工作，她总是羡慕别人可以拿到高薪水，却从没想过别人为此付出了多少努力；她总是抱怨老板不给自己涨工资，却从没想过提升自己的工作技能。

虽然工作无高低贵贱之分，但努力和不努力的人，在工作中得到的尊严、自由却是不一样的。

我的表姐与我的堂姐是截然不同的两种人，三十多岁的表姐通过自己的努力进了一家不错的单位，还积累了一大笔存款。如今，她找到了自己喜欢的人，并打算和他携手一生。

不过，她男友的家庭条件不太好，姨妈担心表姐和他结婚后会过贫困的生活，表姐只用一句话就打消了姨妈的顾虑。

表姐说："我不在乎他有没有钱，即使他一分钱没有，我俩以后的生活也没有问题，因为我有稳定的工作，还有不少积蓄。"

女儿拥有自食其力的能力，那母亲还有什么不放心的呢？

《离婚律师》里有这样一段台词，我觉得用来解释女子努力工作的意义最为合适。

"我认真做人，努力工作，为的就是有一天站在我爱的人身边，不管他富甲一方，还是一无所有，我都可以张开手坦然拥抱他。他富有，我不觉得自己高攀；他贫穷，我也不至于落魄。"

有些人觉得，不努力跟努力，最后都是一样的结局，即生老病死殊途同归。难道真的一样吗？不！真的不一样！

要知道，我们活着：不仅为了生存，还要有品质地生活；不仅要追求衣食无忧，还要追求身心富足！

不努力的人或许同样可以谋生，可是他们的人生总是会受制于各种现实因素；而努力的人不必为了不喜欢的工作卑躬屈膝，不必为了不喜欢的生活苟延残喘，也不必为了不喜欢的婚姻勉强自己。

努力和不努力，看似差不多，其实差太多。

当梦想走进现实,你只有更加努力才能不辜负自己

文 / 化妆师MK雷韵祺

上小学的时候学校为了鼓励学生学习英语,特意划分了高分组和低分组。我和班里的一个女生的分数总是距离高分组的最低要求差一两分。为了进入高分组,我们从不敢懈怠,可是总是差那么一点点⋯⋯

一天,我俩儿终于鼓足勇气,向老师表达了想跟高分的同学一起学习的心思。

老师神情冷漠地说了句:"那是给高分的同学上的课。"

类似这样的情景总在我的生活中上演,每一次鼓足勇气追寻梦想,却总会以失败收场,然后不甘、失落、恼火的情绪就会瞬间填满心房。

直到我开始上网,开始在QQ空间发表日志分享心情,开始在博客上发表文章表述观点,事情才发生了变化。我在博客和QQ空

间上，时不时地写一些小文章，在文章中阐述一些自己的观点和看法，尽管阅读量不是很大，但看到大家的转载和留言我还是很开心。

为了让自己的文章语言风趣、思想高深，我开始读书看报，关注热点话题，并与网友们交流。互联网世界似乎比学校更显宽容，它不会用高分和低分来划分人的等级。

我总是很勤奋地在网上发布自己的文章，高中紧张的寄宿生活也从未减退我更新博客的热情。随着文章的不断更新，我慢慢拥有了一批读者。

后来，我在微博上写美剧影评，广交网友，还注册了微信号向大家分享美妆资讯，并以美妆博主的身份录制节目……某一天，我忽然发现，我的微信订阅量超过了10万！我忽然萌生了把它作为事业去推进的想法。

想做就放手去做，于是我辞去工作，开始自主创业。创业并不是一件简单的事，我怀着既激动又忐忑的心情投身商海，接连遇到了很多出乎意料的困难，于是学生时代的挫败感又回来了……

我的微信公众号"化妆师MK"刚刚启动时，我曾希望自己做一个"虔诚"的内容创作者。后来"化妆师MK"的影响力把我推向了一些投资机构，于是一位又一位的投资人约我见面。

可是，我既想获得投资，又不想让我的公众号变得过分商业化，所以一直没有和投资人谈拢。于是磋谈过后，几乎没有一个投资人会和我进行再次约见。我似乎又回到了学生时代，鼓起勇气去追梦，却再次迎来了失败。

后来，基于对Olay这个品牌产品质量的信赖，也基于它跟我们美妆号的定位比较符合，我们接下了与Olay的这次合作，并为此创作了一篇文章。读者并没有对广告表示反感，反而在文章后纷纷写下了自己用过这个产品的一些感受，商家看到这些后对这次合作给出了好评。

于是，我们开始相信，只要我们的内容足够优质，品牌合作和用户喜好是可以共生的。在我们这个美妆微信公众号上，分享化妆教程和推荐产品有着天然的联系，只要我们对品牌进行严格的筛选，创作出对读者有价值的内容并不难。

在微信公众号上引进投资，是我在自我意识上的第一场革命。我不再羞于谈钱和谈商业，也不因此放弃对优质内容创作的追求。我们开放"粉星频道"，跟诸如MAC、倩碧、KATE等化妆品大牌合作，共同制作化妆教程视频，成为第一个具有美妆视频合作能力的自媒体团队，创造了良好的口碑，也吸引了更多的订阅。

尽管领悟到商业规则的残酷，我仍然要将这个美妆自媒体项目推向商业化。于是，我启动了公司化运营，将项目投入商业社会去验证，并用商业运作去维持项目的生命力。

将自己的个人形象暴露在网上，我并不是没有犹豫过。我清楚地知道，只要在互联网上留下自己的照片，就会得到别人的喜欢或者讨厌。幸运的情况是喜欢你的人比讨厌你的人多，不幸的情况是，讨厌你的人比喜欢你的人多得多。

然而，美妆就是需要我用脸去演绎的。如果永远躲在文字里面，顶着搜索而来的步骤图，这个公众号跟别的公众号又有什么不同？

一旦把兴趣做成事业，一旦为事情付出心血，就总想把它发展得更好，但竞争也会随即而来。与其遮遮掩掩，不如用自己最真实的样子去面对大家。

刚开始录视频很难：脚本很难，讲普通话很难，面对镜头很难，控制表情很难，动作优美很难……但当我把这些困难一个一个地克服之后，慢慢地就越来越享受录制视频的过程。

所有的行业都是金字塔格局，越是底层，竞争越是激烈。有编辑能力的团队多，有文字原创能力的团队少，有图文原创能力的团队更少，有视频原创能力的团队少之又少……有持续优质视频原创能力的团队，在美妆这个领域里，实在是凤毛麟角。

我始终认为，具备同样水平的团队有很多，但能放下固有认知和内心包袱，敢于挑战和奋斗的团队很少。

刚创业的时候，我背负着带领团队前行的重任，于是潜意识中觉得自己必须做得更好，才能让团队更好。可是，我在实际操作中，慢慢地发生了扭曲，最后竟认为只有自己亲自做的才是最好的。

曾经有一段时间，我早上写脚本，下午录视频拍平面，经常一边吃盒饭，一边修图，深夜的时候还在写推送。同事写的稿件，我总是不放心，总是修改了一遍又一遍，从标题摘要到正文段落我每个标点都不会放过。我把自己深深地埋藏在执行的细节中，没有把握方向，没有观察行业，没有数据调研，反而把同事们带累了，团队的协作效率低到了极点。

有一次，一整个星期我都在出差，没有"我的指导"，同事们居然超常发挥，阅读量一路飙升，并且摸索出标题的创作方向。那是我第一次感受到团队的爆发力。当我将手上一件一件事向团队交出去的时候，当她们越做越专业的时候，团队的内容创作变得持续而稳定。于是，我开始专注于内部培训，慢慢地，我把内部培训的事情也交给她们自己来做……

再后来，我将工作重心转移到资源整合上来，一些琐碎的事情完全交给团队去打理。团队的全力支持，让"化妆师MK"这个微信号的影响力有了前所未有的增长速度。我们从50万的订阅量，迅速成长为超过百万的订阅量，并成为美妆领域最具影响力的自媒体项目。

褪去英雄主义的热情，把一些工作放心地交给团队来做，为我和团队都提供了巨大的成长空间。这也让我意识到，让团队中的每位成员都能感觉到自己的进步，才是最有效的管理办法。

在创业的过程中，我们每一天都在解决问题，尽管解决问题的方法未必行之有效，尽管依然常常在无边无际的挫败感里徘徊，但有了团队的支持,我就有了不断追梦的勇气。

　　渴望冒险的内心,不再受限于当年的一条分数线,也不再受限于世俗中任何一条整齐划一的规则。当梦想走进现实,你只有更加努力才能不辜负自己。

致远方

文 / 宋小君

老爸长期在外打工,一年回家的次数屈指可数,所以我由妈妈抚养长大。父爱的缺失造成小时候的我缺乏男子气概,惹得老爸为此头疼不已。

记得有一年老爸和我一起看电视,当时正播着《楚留香传奇》,秋官唱着"天大地大何处是我家,大江南北什么都不怕"。老爸有些感慨地跟我说:"好男儿志在四方,你长大后也应该出去闯闯啊。"我敷衍地点点头,心里却想着,我才不要离开家去远方呢。

当时,我只去过附近的几个村子,而去那里的时候还被狗咬了,至今大腿上还残留着一个月牙形的疤。远方只把疼痛带给了小时候的我,于是从那时起我就对远方萌生了恐惧心理。

老爸自然不能容忍自己的儿子窝囊,于是提出带我去青岛见见世面。就这样,我第一次离开家,跟老爸来到了离家一百公里远的地方。

老爸与四五个工友住在青岛的临建房里,不大的房子里用木板搭了个大通铺,他们几个人都挤在这个大通铺上。那晚,吃过晚餐聊了一会儿天,大家就上床休息了。睡到半夜,我梦见找厕所,找啊找,找啊找……终于在憋不住之前找到了,于是老爸的被褥被我尿成了一片汪洋。

第一次出远门我就尿床了。

第二天,我又梦见找厕所。

第三天,我确定自己真的找到了厕所,结果还是尿在被子里。

老爸忍无可忍,只好把我送回家。

奇怪的是,回到家之后,我就不尿床了。

也许尿床是我畏惧远方的应激反应。

老爸左思右想,最后决定送我去一个绝对能提升男子气概的地方。

他带我乘坐了四五个小时的汽车,来到了一所偏僻的武术学校。这所学校隐藏在深山老林里,我们下车后又花费了一个多小时才找到它。看到这所学校所处的位置后,我嚷嚷着不要留在这里。老爸安抚我:"留在这里锻炼几年,下一个国际功夫巨星就是你。"年幼的我竟然听信了老爸这种不靠谱的话,留了下来。

老爸把我安顿好后就坐车回家了,那一刻我觉得自己就像被郭靖扔在终南山的杨过。

我跟着班主任走进学生宿舍时,被眼前的景象惊呆了——这个由教室改成的学生宿舍里,睡了一百多个大大小小的学生,最大的已经开始梦遗,最小的应该还在尿床!

班主任离开后,他们就怀着强烈的好奇心,围过来打量我。一个瘦瘦高高的男生,一把掀开了我的褥子,我惊讶地看到床板上遍布了一个个贯穿的窟窿。

我愕然地看着一张张黑黝黝的脸,疑惑地问:"这是什么?"

那个瘦瘦高高的男生冷笑一声,坐到床板上,伸出中指把床板戳了个窟窿!

我张着嘴愣在了那里。

回过神后,我好奇地抬头看了看上铺的床板,果然那里也布满了窟窿。

后来我才知道,这是他们欢迎新生的方式,也是睡前发泄多余精力的渠道之一。

那晚直到凌晨,我才在呼噜声、磨牙声以及各种梦话声中沉沉睡去。

五点左右,刺耳的哨声就响了起来。我擦了擦嘴角的口水,睡眼蒙眬中发现大家都在飞速地穿衣服。于是,我一边打着哈气,一边抓起衣服往身上套。

我反穿着校服裤子,站在队伍里。那时天还没有亮。早晨的寒风格外凛冽,我们顶着刺骨的寒风沿着山路开始跑步。跑着跑着我忽然感到一阵反胃,于是连忙出列蹲在路边呕吐。

等我再也吐不出任何东西的时候,教练过来问我吐完了吗,我乖乖回答吐完了,教练看了我一眼说:"那继续跑。"

我忘了那天到底跑了多久,只记得我们在凛冽的寒风中跑得汗流浃背。跑步结束的时候,我双腿如灌铅般沉重,回到学校就瘫软在地。

这时,有人喊:"开饭啦!"

同学们一窝蜂地冲进食堂,我慢悠悠地爬起来,向食堂走去。等我到食堂的时候,同学们早已围住了那三只高大的塑料桶。没错,三只高大的塑料桶中盛放的就是我们的早餐:一桶馒头,一桶咸菜,还有一桶不知道是什么成分的淡汤。

看到这个场景,我不禁想起了小时候家里养的小猪,妈妈每天就是拿桶喂它们的。

我呆呆地望着布满黑手印的馒头,实在不想把它吃下去,于是把馒头和汤都让给了我的同桌。这个瘦得可怜的少年,接过馒头和汤就躲在一边开始狼吞虎咽,那架势好像生怕我反悔一样。

吃过早饭,终于可以上武术课了。我站在操场满心期待着武术教练的到来。此时,我已经忘记了看到学长们用中指在床板子上戳窟窿的恐惧,也忘记了早上冒着严寒跑步的辛劳,就连那顿难以下咽的早饭也已经忘记了。

我仿佛看到二十年后的自己站在纽约街头，用一套漂亮的拳法征服了一帮老外，然后骄傲地对他们说："This is Chinese Kongfu。"

我和其他新生被集中在一片空地上，一个小女孩站在我们面前。我心想，她可能是哪个老师的孩子。

体育委员整理好队形后，恭敬地退到一旁，大声喊："请教练！"

我兴奋地四下张望，可是看了很久，也没看到教练的影子。正在我疑惑的时候，听到有人说："今天我们练踢腿。"

我惊讶地发现，这句话居然是眼前那个小女孩发出的！我实在难以接受这个事实，眼前站着的这个比我矮半头，比我小五六岁，甚至鼻涕还没擦干净的小女孩，竟然是我们的教练？！这不科学，这是对我们的侮辱，我忍不住要抗议。

小女孩已经一边踢腿一边喊起了"一二，一二……"

我承认小女孩踢得确实很高，但我像她那么小的时候也可以踢得很高。

接下来，小女孩又奶声奶气地让我们压腿，她竟然还装模作样地纠正动作。

我全程不配合，冷冷地看着这个小女孩。

小女孩发现我没有按照她要求的动作压腿，有些恼怒地看着我。我回瞪她，心想，别以为你小，我就会让着你。

小女孩走到我面前，问道："你是不是不服气？"

我冷哼一声，这不是废话吗。我堂堂大好男儿，凭什么让你一个七八岁的小丫头呼来喝去？

小女孩盯着我，说："不服单挑。"

我哈哈大笑，心想，赢她简直有些胜之不武。

我站出来，看着小女孩说："来吧，我让你三……"

话还没说完，我就以标准的"倒插葱"姿势倒在了地上，一股土腥气直冲我的鼻孔。头好晕，我狼狈地起身，只看到了小女孩负手而去的背影。

是的，我被一个七八岁的小丫头片子打了，这毁掉了我的自尊。

三天之后，我身上所有的关节都在疼，所有的肌肉似乎都肿了。

七天之后，教练让我们练劈叉，劈不开她就往下按我们，我疼得骂完了自己会的所有脏话，还连续好几天走路外八字。

十天之后，忍无可忍的我向班主任哭闹着要求回家。

班主任看了我一眼，淡淡地说："你怎么连这点苦都不能忍受，究竟是不是男子汉？"

为了不让班主任和同学们拒绝承认我的性别，我决定再忍几天。

二十天之后，我被高年级的同学欺负，仅有的两包方便面调料被抢走了。一想到自己以后只能吃毫无味道的饭菜,我就觉得生活无望。于是,我再也顾不了会不会被人瞧不起,连夜偷偷跑出校门打电话向我妈求救。

第二天,我爸赶来为我办理了退学手续,一路上他都沉默不语,只是偶尔鄙视地看我两眼。后来我才知道,我妈对他下了最后通牒:"你再不把儿子领回来,我就跟你离婚!"

在妈妈强硬的态度下,老爸不得不屈服,我终于如愿地逃离了"魔爪"。

远方太可怕了,简直不是人待的地方,我再也不要去远方了。这是我当年的真实感受。

十四岁,我上了初中。

那所中学距离我家只有四公里,可是学校实行封闭式管理,我只能在周末回家。家就在不远处,我却无法踏出校门一步,这让我有一种身处监狱的错觉。

在这个如同监狱的地方,我时时刻刻想着逃离。

我周末回家之后,总会装病拖一两天才恋恋不舍地离开家回学校,甚至,还曾在晚自习结束之后翻越围墙逃离学校跑回家。

后来,我集合了几个小伙伴和我一起翻越围墙逃离学校。晚自习在八点四十结束,我们在九点半左右就陆续到家了。

第二天早上,我六点起床赶回学校上早自习,假装什么也没发生过。

一天，晚自习结束后，我又带着小伙伴们翻越围墙，没想到我们的班主任薛老师，正站在围墙下面等着我。

我被薛老师带回了宿舍，她训斥道："大半夜的翻围墙，出事了怎么办？你自己跑出去也就算了，怎么还怂恿别的同学跟你一起跑？万一出事，你怎么跟人家的家长交代？"

我一言不发地站在那儿。

薛老师越说越生气，她脱掉高跟鞋，使劲踢我。

不知怎的，看到她又急又气的样子，我居然想到了我的妈妈，然后眼泪就不受控制地滑落下来。可是，薛老师明明是一个二十多岁，大学刚毕业的年轻女孩儿啊！

看到我哭了，薛老师也红了眼眶。

我最见不得女性在我面前流露出这样的表情，于是我赶紧服软："好了好了，我以后不偷偷往家跑了还不行？"

薛老师瞪了我一眼，威胁道："这可是你说的，你要是再跑，我只能叫家长了！"

我无奈地点点头，说："可是校服穿两天就脏了，我自己又不会洗衣服，穿着脏衣服我可难受了。"

薛老师叹了口气，说："衣服脏了拿过来，我给你洗。不过，坚决不许再偷偷跑回家。"

从此，每隔两天，我就把校服送到薛老师宿舍，一边复习功课，一边看着薛老师给我洗校服。

我那时的名字叫"宋军",薛老师看了看我的样貌,建议道:"宋军啊,我觉得你不应该叫'军队'的'军',应该叫'君子'的'君'。"

于是,我听从薛老师的建议,改了名字。

薛老师给我洗了三年校服,直到初中毕业才不再为我洗。

毕业前夕,薛老师邀我去散步。那天的天气有点热,知了一直叫个不停。薛老师穿着洁白的连衣裙,身上还散发着沐浴乳的芳香。她看着我,问道:"宋君,你要毕业了,未来有什么计划吗?"

我摇了摇头,说自己从没想过以后的生活。

薛老师见状,语重心长地对我说:"宋君,你是男子汉,可不能一直这么恋家,你得去更远的地方,看更好的风景。"

"可我有点害怕。"我摇头说道。

薛老师捏捏我的脖子,安慰道:"你记着,男人应该无所畏惧。"

我迟疑地看着她。

她冲我一笑,那样子就如一个坠入凡间的天使。

毕业的时刻终于来了,薛老师在我的纪念册上写了八个字——放开胸怀,洒脱生活。

这八个字,还有薛老师的那句话,我牢牢地记在了心里。

我得去远方。

初中毕业后,我来到城市上高中。

此时,我已经长得很高,胆子也慢慢变大了。十八岁的我,开始有了理想,有了喜欢的姑娘。

可是,高中的课业生活很紧张,桌子上永远堆着做不完的卷子和写不完的作业。哪儿还有谈恋爱的时间?

看着喜欢的姑娘,因为学不好立体几何而抓耳挠腮的样子,我恨不得带着她逃离这里。

这时,我终于从害怕远方,转变为渴望远方。

可惜,我们走不了,我们被数理化锁着,被班主任锁着,被高考锁着。

老师一次次告诉我们,高考是通往远方的唯一出路。

我和姑娘听信了这句话,于是拼命学习,希望能够杀出一条血路,进入一所理想院校。可惜,我最终还是折戟沉沙,赔了夫人又折兵。

高考失利,没能去到我理想中的大学,只能收拾行囊,孤身一人去了离家两百八十公里的烟台。

离家两百八十公里是什么概念?大概就是我需要乘坐四个小时的绿皮火车才能到学校。

烟台一到冬天就下大雪,我喜欢在雪天抱着小不点,站在教学楼的天台上，透过漫天风雪看远方。

小不点是我大学时的女朋友，结识她在很大程度上疗愈了我高考失利的创伤。她是一个很聪慧也很懂事的女孩，她曾对我说："宋君，你的野心太大，一个男人野心太大，心里留给姑娘的位置就不多了。"

我当时听不懂小不点在说什么，只是用期待的目光呆呆地望着北京的方向。没错，那个时候的我一心渴望去北京发展。

北京就是远方，就是我要实现梦想的地方。

大二那年，为了参加搜狐校园专栏作家年会，我坐了一夜的绿皮火车，从烟台赶往北京。这是我第一次离开山东。

小不点送我到火车站，给我系好围巾，眼神中流露出一种我看不懂的哀伤。可是，我当时过于兴奋，没有细想那个眼神背后蕴藏的意思。

一路上，我都在想象北京的样子，当看到"北京站"三个大字时，我激动得几乎欢呼起来。

当天晚上，我去了清华大学。感受着清华大学浓郁的学习氛围，我当时就发誓，毕业之后一定要北上。

北京就是我要去的远方。

大学毕业，又面临分别。

小不点在姐姐的鼓励下，决定去巴黎留学。

我傻呵呵地和小不点一起备考雅思，一起办签证，一起搜集关于巴黎的一切，一起说"笨猪"。

送走小不点的时候，我才意识到，当初小不点说的话，眼神里流露的忧伤，到底是什么意思。

原来，远方除了遥远、野心、梦想，还有失去。

老妈不想让我独自去北京打拼，她希望我子承父业留在家乡。老爸不以为然地说："趁着年轻，出去看看。"

老爸的这句话让我想起了多年前和他一起看的《楚留香传奇》，也想起了里面秋官唱的那句"大江南北什么都不怕"。

就这样，我去北京参加了面试。

被录取之后，北京分公司的领导让我去上海总部实习三个月。

于是，我又从北京去往上海，到了另一个远方。

刚去上海的时候，天总是湿湿的，洗了的衣服似乎永远不会干。

我和十几个陌生人合租在一个群租房里，上厕所就跟打仗一样，甚至，洗澡洗到一半就会有人敲门。房间很小只能放下一张床，而且我租住的房间没有窗户，关上门就会陷入一片黑暗。

后来，我实在忍受不了这样恶劣的生活环境，搬到了另外的住处，和三个女孩开始了合租生涯……

后面的事情，你们也许知道。

三个月后，上海的领导丢给我一个选择题——去北京还是留在上海。

考虑到自己终于适应了这边的生活，我选择了留在上海发展。于是，做出版，做编辑，做编剧，我跌跌撞撞地走了过来。

我从小喜欢写作，内心的想法不能用文字表达出来时，我就会坐立难安。一直以来，我就梦想去远方靠文学创作为生。

大学的时候，我曾和戴日强组建文学社，我们社里的几十个人都渴望以后从事文学创作。可惜，毕业之后，大多数人没有走这条路，只有我和戴日强坚持了下来。

这个月，《一男三女合租记》电视剧版开拍了，电影版也在筹划之中。想到文字故事即将转化为画面，那些故事桥段即将展现在我的面前，我不禁百感交集。此时，我才明白原来远方并不是那么遥远。

远方不仅仅是某个目的地，它也可以是一种梦想。

我们的生活大都平凡，可是正因为生活平凡，梦想才显得那么可贵。

梦想能带我去更远的地方，更远的地方又有新的梦想在等我。

因为年轻，所以坚信，我能到达的远不止这里。

给自己个Deadline[①],你可能会活得更好一点

文 / 小木头

本想看一本书,可是书在床头放了很多天,仍然没有开始阅读,总对自己说"有时间再看",可是"有时间"就像与自己捉迷藏一般,自己总是捉不到它。

本想早点入睡,可是睡前总想着再看看微博和朋友圈,结果十分钟过去了,二十分钟过去了,半个小时又过去了……不知不觉又到了夜里十一点半,早点睡的愿望又一次落空。

想做一些事时,总对自己说"只要有空,我就做!"——这个"有空"和"有时间"是双胞胎,都会隐藏,让人遍寻不见!

在Kindle上看书时我意外地发现,十几万字的小说,预测的阅读时间只有四五个小时——你以为那么厚的一本书,一周看完是

---

① Deadline:截止期限,最后期限。

奇迹，一个月看完很正常，但实际上，两三天看完一本都可以算精读。

一天二十四个小时，抛开上班、通勤、吃饭、睡觉，每天挤出两到四个小时还是有的，无论是读几页书、写几行文字、背几个单词，或是做点你嚷嚷很久的事情，都一定会有收获。

想做的事儿没做，要干的事儿拖拉着，"拖延症"是最冠冕堂皇的借口，真相是懒，心疼自己，总想放松一点再放松一点，久而久之就什么都做不成了。

不要在时间上放纵自己，这是对付"拖延症"最好的办法。当你决心做一件事儿时，那就给自己设置个Deadline。完成了，给自己一点小奖励（内心的成就感已经是很大的奖励）；完不成，那就惩罚一下。

前段时间我买了一批书，想着自己看书的速度不快，于是就跟自己打赌，如果十天之内能读完那六七本书，就奖励自己买下那双漂亮的凉鞋，否则就不买了。

结果，为了得到那双凉鞋我真的拼了，茶余饭后、工作间隙、睡觉之前，原来用来玩手机的时间，我都用来读书。——尽管我并没有在规定的时间内读完，但是那种静下心来看书的感觉真的不错。

Deadline本来多用在写作者身上，我很讨厌那种平时拖着不写，快到日子时害怕编辑催稿，然后就慌忙赶稿子的感觉。所以，我会在Deadline之前设置一个日期，逼迫自己尽早完稿，让自己和编辑都轻松一些。

很多人没有时间规划的概念，无法集中注意力，总是一会儿做这个，一会儿又忙那个，想起这个没做时心头一阵焦虑，想到那个没干时脑子又会一片混乱……看上去忙忙碌碌，其实总是做一些无用功，导致效率低下甚至一事无成。

电影《朱莉与朱莉娅》讲述了在巴黎生活的美国女人茱莉娅通过努力学习，成长为一名蓝带厨师，并写了一部很棒的菜谱；而年轻的美国女孩朱莉唯一的爱好就是钻研美食，她总是在工作之余研究各种菜谱并尝试制作。偶然间，朱莉看到了茱莉娅写的菜谱，并疯狂地爱上了它。于是，她产生了一个想法，要把茱莉娅菜谱中的每道菜都做一遍，并把自己做饭的细节和感受写进博客里。她知道自己做事经常虎头蛇尾，于是特意设置了一年的期限。

无疑，这个Deadline给朱莉带来了压力但也带来了动力，让她在疲惫懈怠时，也能打起精神钻进厨房接着做下去。

朱莉每天坚持更新博客，使她受到了网友的追捧，慢慢地成了拥有超高人气的美食博主。从此以后，朱莉不再抱怨生活无趣，也不再把自己封闭起来，她越来越热爱生活，也越来越喜欢与人沟通。

因此，如果你产生了做某些事情的想法，却总是因为放纵自己而无法实施，不妨试试给自己定一个目标，设置一个Deadline。也许，这就会成为你走向成功的开始。

通过尝试，我觉得这个方法很有效果。

我在工作之余还要给杂志的公众号写一个午间的八卦，本来我不想这么辛苦，可是又不忍心拒绝别人的请求。

本来每天上班已经耗费了大量的精力，下班后还要处理一些私事，我觉得自己根本没有时间和精力写八卦，想主题。众所周知，在公众号上发表文章，除了内容耗费时间和精力之外，码字、配图、排版这些也要耗费不少时间和精力。可是，谁能想到我真的做到了。

我要求自己每天中午十二点必须准时推送。于是，每到十点半，除非有特别重大的事情，否则我会关掉手机，埋头专心码字。

如今，我仍然每天坚持在公众号上更新文章，同时在工作之余还要写新书、写影评、看新书、看电影、做家务和照顾孩子，虽然事情很杂，但足以应付。因为通过之前的训练，我能够很快集中精力进入状态。

如果你很想学做衣服，那么就告诉自己：一个月之内我要学会画设计图，或者学会用缝纫机，然后真的去做。

如果你想写文章，就要求自己每天写一篇文章，或每周写够一万字。哪怕你没有灵感，每天只是枯坐在电脑前，也得坚持下来。要知道，许多知名作家的创作，就是从一篇篇毫不起眼的随笔开始的。

如果想去一个地方旅行，就给自己一个明确的时间节点，而不要总是想"等我攒够钱"或"等我有空了"——这些念头太缥缈了，别敷衍自己。

明确的目标和适当的压力，会让我们变得有执行力，也会让我们更快地实现自己的愿望。

Deadline是鞭策与督促，是你触手可及的目标，为了达到目标你不得不努力向前。当你对自己有了"向死而生"的要求时，奋斗的力量会被激发，前进的动力会被点燃。

于是，为自己设置一个Deadline，你的生活可能会过得好一点，更好一点。

你的坚持，为了什么

文 / 谢园

挚友在微信上告诉我，她即将启程去德国哥廷根大学交换读博，要在那儿待一年半。看到这条消息时，我鼻子一阵发酸，回想起了我们这几年的交往历程。

2013年春天，我们在德国的于尔岑相识。相识于异国他乡，又有着类似的喜好和行为习惯，我们自然就亲密起来。于是，每逢节假日我就会去找她，然后和她坐在她租的一室一厅的屋子内，聊起各自在欧洲的工作和生活。我们都不是特别外向的人，因此很少参加派对，也很少出入酒吧和夜店，旅行和阅读成了我们排遣孤独和抒发情绪的最佳方式。

2014年夏天，我们都回到北京。她申请了北大的博士，我通过了去英国的选拔考试，于是相见不久的我们又要面临别离。在我动身去英国之前，她为我饯行。饭桌上，我问她为何选择读博。她笑着说："我一直梦想成为一名教授，所以就想多学点东西。"

2015年冬天，我们又都回到北京。那天，她约我一起吃饭，可是我感冒了，于是不得不爽约。她在电话里满怀关切地说："亲爱的，得知你结婚的消息，我太为你高兴了！你们一定要幸福。只是我们这次不能见面，好可惜。如果你明年夏天回国，我还请你吃饭。"之后，她告诉我，她在申请去德国做博士交换生。

我知道她研究的领域是中世纪的历史和宗教文化。除开专业，她还选修了希伯来语和希腊语，因此她课外的时间不是在图书馆阅读专业书籍，就是在自习室准备导师交代的论文和报告。

经过刻苦努力，她如今终于进入了梦寐以求的德国著名学府——哥廷根大学，这个她最爱的季羡林老先生曾经生活十年的地方。留学岁月，从来都不易，她知道在德国读博将有多辛苦。可即便如此，她仍然坚持勇敢向前。

现代社会，充斥着攀比、虚荣、浮躁、喧嚣的气息，还有无数让人摇摆不定的诱惑。或许，今天的梦想，在明天的某个聚会后，就烟消云散；或许，"愿得一人心，白首不相离"的期许，抵不住灯红酒绿的诱惑；或许，"要嫁就嫁给爱情"的决心，在房子车子存款面前，渐渐动摇。

这个年代，坚持理想、坚持追求、坚持内心的所想所爱，都并非易事。或许，正因为如此，挚友的坚持是那般打动我。

有些人，在现实的打磨下，早早地举手投降，与命运妥协，也有些人，很早就为自己的所思所想努力奋斗，他们不愿随波逐流，也不愿轻易向世俗妥协。他们心中似有一团火焰在燃烧，不管周遭的环境如何变化，他们依然坚持着心中那不灭的理想、信念或情怀。

科比曾经说过："获得冠军只是副产品，重要的是成为更好的自己。"坚持自我，坚持对胜利的无限渴望，坚持学习，坚持努力——这就是"黑曼巴"的精神，是成功的秘诀。

我明白并不是所有坚持都有结果，但是我们并不是只为了看到结果，才选择坚持。

相知多年的朋友曾对我说："读书时，知道你喜欢写作，也写得很好，可是没想到，这么多年过去了，你还在坚持写作，还出了自己的书，真厉害！"

我觉得我并不厉害，我只是希望自己的这份坚持，能给自己的人生添加几笔色彩。如果把人生比作一本书，我希望我的坚持，可以把这本书写得精彩一些，把人物刻画得饱满一些。

有人说，能坚持别人不能坚持的，才能拥有别人不能拥有的。我却认为，这无须和别人比较，因为，坚持是为了自己，不是为了别人。

坚持，是一种生活态度，也是一种人生况味。当我们做着薪资并不优渥的工作时，不是整天敷衍了事，而是能有不一样的心境；在我们身陷囹圄和遇到困难时，不会轻易被打倒，而是能用理智的心态去应对一切。面对恶意和不公平，我们不再埋怨和诅咒，而是积极地活出自己的优雅；在生命的尽头，我们不留遗憾，回首过往，因为美好而感到满足。

你看到我有多幸运，我就有多努力

文 / 苏听风

十二月的时候，我去参加了一个职业技能的培训，上课的何老师是北京一个非常出色的创业者。两周后，何老师再次来到深圳的一个知名企业上课，我被他的团队成员请来做协助工作。其实，协助工作很简单，就是帮忙布置现场并向人们发放资料。

课后和企业的工作人员交流时，有一个人很好奇地问我："据说何老师在深圳的学员至少有一百人，为什么选你来做助教呢？"

我客气地回答道："可能是我运气比较好吧。"

这个低调而谦虚的理由，没想到有一天我也会用到。

记得我在做外贸的时候，常听我们公司老板的合伙人艾先生说这句话。他在短短五年的时间里，从一个普通的外贸业务员发展为当时公司的合伙人，同时也成为行业内小有名气的人物。每当外人称赞他时，他总会低调地说："可能是我运气比较好吧。"

我抱着沾沾"好运"的心态去应聘，没想到顺利地成了他的员工,之后与他共处时发现,他并不是"运气"很好的人。艾先生身高不到一米七,相貌平平,很难靠外表引起人们的注意,不过他思维敏捷,知识丰富,工作能力极强。他说英文跟说中文一样顺畅,公司做的订单从客户到工厂流程,他都一清二楚。

当年,公司的一个潜在英国客户要来中国参加展会,顺便要看看我们公司的产品。这个英国人是英国零售大户,在伦敦有数家家居超市。"如果跟他建立了长期的合作关系,我们公司的出口额将会增长200%,那意味着产品利润的相应上涨。"艾先生兴奋地说。

整个团队都在为这次会谈紧张地筹备着,但艾先生看起来还是一副镇定自若的样子,除了检查每一个开会用的样品,其他时间都在办公室里埋头写资料。

终于到了会面的那天,没想到这次会谈出奇的顺利,从样品的展示到后续合作的细节,都迅速地达成了共识。在谈公事的同时,艾先生还用一口纯正的伦敦英语跟客人不时地谈一些题外话,如早上如何跑步,哪些食品好吃等,听起来就像是和熟悉的朋友聊天一样。

合作出乎意料地成功。在送客人离开后返回公司的路上,我迫不及待地问他会谈成功的原因。看他那副胸有成竹的样子,我抢着说:"这一次,一定不是运气好的原因。""小姑娘,看来你有进步了。"他一边笑着回答,一边顺手把一叠资料递给我。

资料全部是英文的。第一本是客户公司一些产品在英国的销售情况，甚至还有英国的天气情况；第二本是这位客户——产品总监的博客资料，里面记录着他时常早上出去跑步的内容，还有一些关于美食的文章；第三本是我们公司针对客人以往销售情况的新品推荐，还根据英国气候对一些产品特意做了改良。第四本是在去接客人的前一周，做的一份详细的路线图和会面行程图。内容包括：我们接客人的位置，从机场到酒店的距离及所需时间，所住的酒店有哪些符合客人口味的美食。第五本是晚上我们谈合作时准备的样品和订单资料，还有预计会议所需的时间、希望达成的目标，末了，还推荐了一个离酒店不远的绝佳跑步地点，这个地点紧邻海边，不仅空气好还可以看日出。

看到这份资料时我惊呆了，心想，如果我是客人，也一定会跟他合作。

见我看完资料，艾先生交代我回去之后，要马上给客人发一封邮件，把今天会议讨论的合作内容发给客人，并把我们接下来的工作安排告诉他。

在路上，我好奇地询问他这些资料的由来。艾先生告诉我，这些资料都是他平时收集来的。两年前，他刚知道这家英国公司时，就认真地研究它。当时我们的产品和生产配套离他们的市场需求有一些差距，于是接下来的时间里，他一边想办法改进我们的生产能力和产品设计，一边留意客人的销售动向。一年多的时间里，艾先生千方百计地找机会与他们取得联系，于是终于促成了这次合作。

"那跑步跟美食是怎么回事呢？"我接着问道。

"光了解公司动向还不够啊,当然也要了解跟我们谈合作的人嘛。就算他是财大气粗的产品总监,也依然喜欢有人关注他,并跟他有一样的兴趣和爱好。"

"那你纯正的伦敦英语又是怎么回事呢?"我准备一个个解开自己的疑问。

"你一定听说过马云练英语是在杭州的酒店找老外说话的故事吧。我练英语就是模仿的他。我刚开始工作时,这个小城市的外贸事业发展迅速,大批外国人来这里找工厂,但是这里好多酒店的服务员并不懂英语。于是,我就在空余时间免费去做翻译,跟外国人交流,有时也陪服务员一起到机场接送客人。"

我这才明白,他为什么那么清楚机场的地形及各个酒店的特点。

李笑来老师在《把时间当作朋友》这本书里提到,他在新东方做老师时,经常被人夸奖说他在台上的随机应变能力很强,但李老师说其实是他们搞错了,自己的应变能力差极了。之所以能在台上"显得"游刃有余,是因为之前做过太多准备。

在做任何一个讲演时,他都花费很多时间认真考虑每个观点、每个事例,甚至每个句子可能引发的反应,然后逐一制定相应对策。因此,每一次出场的良好表现似乎是因为运气好,但事实上是充足的准备让他取得了这样的结果。

记得那天,何老师上完课后发了一条微博:"作为一个做职业教育的,只懂互联网是不行的,还得花时间研究教学课件。走到不同城市的课堂上,如果自己都不懂教学,拿什么创新?拿什么做平台?"何老师也是一个看起来像"运气"比较好的人,但是我相信,他在讲台上说的每一句话,PPT里的每一个字,都是练习过无数次的。

我的好运,艾先生的好运,以及李笑来与何老师的好运,都是以同样的方式获得的。

"我可能是运气比较好吧。"

当下次有人跟你这样说时,你一定要相信这并不是真的。

自己选的路，跪着也要走完

文 / doriskeke

我们有时候会工作到很晚，有时候忙碌起来会顾不上陪伴家人和朋友，甚至连睡觉和吃饭都成为奢侈的事，于是身体变差、家人埋怨、朋友失联、一腔热情也被扑灭。累了苦了，我们会忍不住怀疑自己的选择：为什么要这么拼？值得吗？

很多时候我们在工作中遭遇挫折和打击时就会觉得痛苦，有时这种痛苦还会让我们忘掉选择这条路的初衷，让我们觉得生活似乎只剩下了眼前的苟且。

今年我从"适合养老的"美国公司辞职，进入了中国的电商巨头阿里巴巴。来到这里，我真正明白了马总说的"来这儿就是让你受委屈的"这句话的意思。这里没有朝九晚五，有吃喝不愁的"天堂般"的待遇，但这里经常会有日夜颠倒的加班和数不清的电话会议，而且还有不定时的商务出差，这里对个人能力和体力都会有很高的要求。很多人问我："硅谷养老院一般的公司你不去，非来这里受罪,为什么?"

是啊,为什么呢?有时候我也问自己为什么,忙碌得越久我似乎越记不清自己来这里的初衷。公司里有几个老外也和我一样放弃了硅谷那边养老院一般的公司,来到阿里巴巴磨炼。一个和我关系较为密切的老外,一句中文不会讲,也毅然来到阿里巴巴。回想自己在美国公司的遭遇,我可以想象到他的寂寞、困难和挑战应该是加倍的。我们在公司开会的时候有时会使用中文,他听不懂只能请我们帮他翻译。

我问他来到这里是不是很不习惯。他点点头,说:"这里的工作强度比以前的公司大很多,而且办事方式也不太一样,语言我也不通。"我问他后悔吗?他说:"我不后悔,因为这是我选择的路。如果我只是想要安逸,就不会来这里了。"

他的话有如醍醐灌顶,让我不禁回想起自己来这里的初衷。

我来这里的初衷很简单——我想要变强,想成为一个更全面更专业的市场营销人员。营销人员有太多种,而我不想在职业早期就被局限。我想学接地气的运营,而不是每天做"酷炫"的品牌建设;我想走上一个有广阔视野的平台,而不是在一个封闭的空间里做井底之蛙;我想推广真正改变人们生活的产品,而不是看起来很好却毫无价值的产品;我想接触有变化有创新的事物,而不是始终在一个位置踏步不前。

之前,我把一切想得过于简单。我没想到科技平台的背后是多个合作伙伴的压力承担,运营背后是销量的承担,一个巨型跨国公司发展的背后是人与人交流的挑战。在这里学习"大视野、平台运营、科技创新",就要扛得住长时间、高压力地工作,勇于面对交流的挑战。

变强的道路上一定会有困难。苦了累了,受了点委屈,被别人说了几句就意志动摇,这不是我们所期望的。

当初我们的每个决定都是经过深思熟虑的,坚定意志最重要的是要回到自己的初心。牢记自己选择的是什么,并给每一次付出附加它背后的意义和价值,才能把所有的困苦转化成力量。

我很喜欢看《穿普拉达的女王》这部电影,不是因为里面的主角有多靓丽,而是因为里面的情节。

时尚女魔头米兰达无论公事私事都喜欢交给助手打理,挂衣服、买咖啡,在有飓风的情况下,让安迪找飞机把她从迈阿密送回纽约,为她的小孩要到一份哈利波特没出版的手稿。安迪被折磨得苦不堪言,却始终得不到认可。

但是当安迪向奈杰尔诉苦时,奈杰尔非但没有安慰她,反而给她浇了一盆冷水,这也是剧中最经典的一段台词:

"安迪,现实点,你根本没在努力,你在抱怨。你希望我对你说什么?要我说'真可怜,米兰达又欺负你了,可怜的安迪',是吗?醒醒吧,肥妞。她只不过在做她该做的事罢了。"

"你不知道吗?你现在工作的这个地方负责出版近百年来顶尖艺术家的作品。豪斯顿、拉格菲尔德、德拉伦塔,他们的作品、创作超越了艺术，因为那艺术就在人们的生活中。哦不对，不是你的生活（因为你根本不懂时尚），是其他人的生活。"

"你以为这只是本杂志，对吗？这不仅仅是杂志，这是希望的灯塔，为人指路……比如说一个生活在罗德岛上有六个兄弟的男孩，假装去上足球课，却偷偷跑去学做缝纫，晚上在被窝里用手电筒看《Runway》。"

"你不知道这里员工的艰辛，更糟糕的是，你根本不在乎。在这里，更多人是热爱这份工作，而你是被迫的。你还抱怨她为什么不亲吻你的额头，不给你的作业批一颗五角星？醒醒吧，亲爱的。"

安迪之前把每天的工作看作是剥削和欺压，于是带着情绪工作，因此工作效率很低。被奈杰尔教训后，她重新去看待这个行业，了解它背后的意义，并为之努力。摆正态度以后一切都变得不一样了。她变得越来越漂亮，做事也井井有条，不等女魔头吩咐就已经把事情做得漂漂亮亮。

小时候我很喜欢看《太极宗师》这部电视剧。

吴京饰演的杨昱乾一心想要变强，为此他跋山涉水去求师，为了学到太极武学被打得鼻青眼肿，可是他从未想过放弃。

他那个一心求学的精神深深地打动了我。在现代社会，不受外界干扰，沉下心来做一件事越来越难。什么时候自己也能像他那样心无旁骛地去做一件事呢？

我的导师曾对我说过这样的话："你想象自己是一个想要成为奥运冠军的长跑运动员，在成为奥运冠军前，你要破坏自己的肌肉并等它恢复，从中练习自己身体和心理上的承受力和耐力。愈合后，你若发现自己达到了想要的效果，那受伤就是有意义的。"

当然并不是所有的受伤都有意义，如果你受的伤迟迟没有愈合，自己还变得越来越脆弱；或者你不想再跑了，不相信这项运动的价值了，那也许就是你该放弃的时刻了。就如同安迪，在时尚圈过得一帆风顺，但她并不想要那样的生活，于是毅然选择了离开。

写下这篇文章与大家共勉。

天将降大任于斯人也，必先苦其心志，劳其筋骨，饿其体肤，空乏其身，行拂乱其所为，所以动心忍性，曾益其所不能。

不是努力无用，而是你把努力看得太重

文/胡识

前几天，我和几个要好的朋友一起吃饭。席间，比我晚一年考进B大的高中同学小阮说，硕士研究生报名的时间马上就到了，但他不知道自己该报考哪所学校，为此，他这几天特别压抑和苦闷。

小阮是那种读书特别勤奋的人，可是不管他怎么玩命学习，却始终考不了高分，成不了成绩优异的学生，去不了他想去的学校。

这一点，小阮和曾经的我真的太像了。

我记得自己读中学时，学习特别刻苦。从我家到学校大概相距五千米，每天我五点钟就起床，六点钟就坐在教室里上早自习，放学和上学的路上我会边骑车边背诵英语单词，晚自习回家后还要再学一个小时。然而如此努力，我的学习成绩并不好，尤其是数理化成绩一直很糟糕。

每当上数理化这种工科类的课时，我都跟不上老师的节奏，就连那种代入公式就可以解答的题目我都不会。有时同样的题目，换一下数字，我就又不会了。

数学老师周先生有好几次被我气得浑身颤抖，他站在讲台上用手指着我吼道："你个蠢货！"

我不敢顶嘴，心却在隐隐作痛。

为了提高学习成绩，我只好比其他同学起得更早，睡得更晚。我五点钟就赶到学校上早自习，回家后把原来一个小时的自习时间延长到两个小时。别人课间休息聊天时，我就待在教室继续学习。

很早的时候，我就听大人们说："笨鸟先飞""早起的鸟儿有虫吃""一分耕耘一分收获""世上无难事只怕有心人"……

我听了这些话，也按照这些话去做了，可是我没有顺利地考上县重点高中，也没有进入理想的大学读自己喜爱的专业，更没有活成自己想要的样子。于是，我常常瞧不起自己，也常常怀疑那些曾经鞭笞我努力奋斗的道理。

小阮说他学医的那几年真的很用功，可是他的学习成绩就是得不到提高，总是和同学有很大的差距，尤其是英语，简直让他头痛不已。

小阮觉得自己过不了考研英语单科线，即使他再努力一点，再玩命一点，运气再好一点，他勉强战胜了英语，但他还是比不过别人，考不上好一点的中医院校。

他说他想放弃，不再做无用的尝试了。

听他这么一说，我很难过。小阮是我最好的朋友，我们进入大学靠的不是很高的智商，而是我们的勤奋。可能正因如此，我特别理解他的感受，也特别不忍看到他选择放弃。

我知道考研的人有很多比小阮聪明，也知道这是他经过反复思考后才做出的选择，但我还是不希望他选择放弃。

因为一旦选择放弃，那就意味着他之前的努力白费了。他不能进入考场检验一下自己的学习成果，也不能看一下自己距离成为心仪院校的研究生还有多大差距。他只能静静地站在一旁羡慕别人考研成功，这就真的毫无希望了！

其实，生活在这个世上，我们最害怕的一件事莫过于没有希望。

没有希望的生活就像荒凉的土地，冷冷清清，没有活力；没有希望的生活就像枯萎的植物，无精打采，毫无生机。

我和小阮都不能像别人那样能够顺利地拿到高分，活得张扬而恣意，但除了继续努力，好像也没有什么办法能使我们变得更优秀一点，离梦想更近一点，与别人的差距缩小一点。

很多年前，我准备大学英语等级考试。周围的朋友都夸我学习努力，我也认为自己挺努力。可是，我真的用心努力了吗？现在反思一下，当时的自己只是迷失在了很努力的假象里而已。我并没有每天坚持记单词、练听力、做试题和写作文，但我却带着一举拿下英语考试的侥幸心理进了考场。接着,很自然地发现很多题自己都不会,然后垂头丧气地走出了考场,迎来了失败。

当我一次又一次地经历了考试失败,我才明白,曾经那些我自认为的努力不过是在欺骗自己。为什么有的人可以凭自己的努力进入理想院校,过上自己向往的生活,而有的人不可以呢?因为生活在这个世上的人们都在努力,只是努力的程度不同而已,比别人聪明并比别人努力的人自然会先达到目标。其实,并不是努力无用,而是你付出的努力远远不够让你过上你想要的生活。

既然我没有身边的人那样聪慧,也追求不到他们现在拥有的东西,还不能一下子实现梦想,那我就该明确每个阶段的奋斗目标,比曾经的自己更努力一点。

别人可以在大二时相继通过英语四六级考试,那我就多努力一年或是两年,争取在大学毕业前通过考试。

别人可以鼓足勇气报考"985"或是"211"类名校硕士研究生,我没有人家那样的基础,也没有人家那样聪明的头脑,那我就认清现实,报考一所普通院校的研究生。

我只希望认清现实的自己会比从前的自己更努力,也会比从前的自己更懂得努力的意义。

几个月前,我身边的很多朋友考研成绩不理想,他们很伤心,经常对自己的失误懊悔不已:

如果多背一两篇诗歌,多检查一遍试卷,多考一两分,也许就可以读更好的大学；

如果不把答题卡上的选项A改涂成选项B，不把报考的第一所学校更换成第二所，也许就不会名落孙山；

如果当初不放弃，不走那么多弯路，现在可能有更好的选择。

有无数种可能会在后来的现实生活中发生，但我们却偏偏要在曾经的故事里后悔不已。其实，每一位考研的朋友都付出了一定的努力，但成绩依旧不理想。是我们曾经的努力没有用吗？

不是努力无用，而是我们把努力看得太重。努力，不应是我们沉重的负担，而应是我们的生活习惯。

我们舍不得每天坚持努力，还不敢正视真实的自己。我们以为今天努力之后，就可以歇息几天；我们以为只有自己在拼命努力，别人都在疯狂玩耍；我们以为得到了心爱的姑娘就不会再失去她，便不再珍惜；我们以为自己多年之后，不会像别人那样时常感到懊悔……

结果呢？我们不但失去了梦想，还背离了初衷，更放弃了爱人，从此躲藏在悔恨的角落里不可自拔。

不是努力无用，而是你把努力看得太重。这是我在二十四岁以后，也就是在我离梦想更近一步时才突然明白的一个道理。

让努力成为一种习惯，所有的美好终将如期而至。

想要公平？那就别来职场

文 / 晴咖

热播剧《欢乐颂》讲述了五个性格迥异的女人在都市打拼的生活经历，也让人们关注起职场的生存法则。单纯直爽的邱莹莹从小城市来到上海，同事白主管稍稍给她一点关爱，她便不管不顾地坠入情网。违背了不能发生办公室恋情的职场潜规则不说，还当众揭穿白主管贪污的品行，破坏了江湖规矩，最终无人施以援手，被公司炒了鱿鱼。别人会想，今天你忍不住揭露白主管的恶行，将他的丑事闹得公司人尽皆知，说不准哪天你又会告发其他的同事。试问，有谁敢留这样一个冲动、莽撞的人在身边？

不得不说，职场真的是一个残酷的地方。做得不对一定会受到惩罚，但做得对也不一定能得到认同或升迁。

晓菲和晓月就读于同一所大学，大四下半学期她们进了同一家公司实习。由于两人关系十分要好，并曾许诺要在北京一起打拼，因此她们经常互帮互助。

晓菲是北京本地生,她经常在周末回家改善生活,并每次返校时都给晓月带吃的,有时是妈妈做的红烧猪蹄,有时是水果、糖炒栗子等。还有几次,晓菲特意邀请晓月去家里做客。

晓月是外地生源,来北京上学的目的就是为了能在北京工作和生活。她喜欢北京的繁华,也喜欢北京的便利,更喜欢北京独有的各种资源。她特别希望自己可以留在北京生活和发展。晓月的成绩特别好,每次考试都能名列前茅,因此每当晓菲学习遇到困难时,她都会热心地提供帮助。

两人的实习单位是国内知名的科技公司,顶头上司对她俩说:"实习期结束后,公司会择优录取。"为了顺利转为正式员工,两人都下定决心努力工作。

晓月深知自己和晓菲有很大的差距,晓菲的家在北京,可以随时得到父母的关爱,毕业后可以搬回家住,不用租房子,而自己要很仔细地筹划日常开支,还要计划毕业后该何去何从……于是,她很努力地工作,从不敢懈怠。

晓菲深知自己的学习不如晓月,因此她总是很虚心地向大家学习。她明白这家公司不错,晓月很想留在这里,她也明白晓月留在这家公司最为合适,因为毕业后晓月需要租房,而北京的房价太高了,如果晓月顺利地进入这家公司,那就可以在毕业前攒一笔钱,这样毕业后的日子会好过一些。不过,她又清楚地知道如果自己不拿出全力和晓月竞争,晓月即使留下来了也会心里不舒服。

晓菲和晓月的实习部门是公司的市场部，两个人更多的工作是跑腿。

晓月和晓菲的实习工资是每天一百元。为了省钱，晓月中午常常带饭。学校食堂的饭菜物美价廉，因此她下班后会去食堂吃饭，然后打包一份当第二天的早餐和午餐，这样一天下来能节省不少钱。晓菲自从实习以来很少回学校，她经常和领导、同事一同去外面吃午餐。看着晓菲和大家边走边聊地回到办公室，晓月有时会想：中午吃饭或许是和领导增进感情的一种便捷方式，自己这样不合群会不会给人留下不好的印象？可是她转念又想：管它呢，一顿午饭要花费二三十元，天天如此怎么负担得起，反正认真做事才是最重要的，只要工作比别人努力和认真，领导不会看不见的。

晓菲刚开始还会提前询问晓月中午想吃什么，后来知道她常常带饭也就不再问了。在和领导、同事吃饭时，晓菲尝试着通过聊天来拉近关系，但不知怎么，她总感觉无法融入他们，虽然每顿饭都有欢声笑语，但交谈的话题总是围绕一些综艺和八卦，和个人的工作、生活没有丝毫关系。

很快，公司要进行新产品的推广活动，市场部的所有职员全部参与了进来。

前一天上午，晓菲给晓月发来短信，说她有些私事要处理请了半天假，并提醒晓月别忘了去打印社拿回制作好的宣传印刷品。虽然那天特别忙，但晓月没有忘记这件事。为了不耽误工作，她中午匆匆咬了两口面包，就利用午休的时间跑到打印社取东西。回来后顾不上休息，就继续投入工作。

下午晓菲来到公司，她和晓月一起到其他部门与同事反复沟通和确认活动的细节。等准备得差不多时，她们才意识到已经加班两个多小时了。

最后一遍检查所有物资时，晓月惊诧地发现，中午取回的宣传海报有一张破了一道大大的口子。

"怎么办，怎么办！晓菲，是不是中午我跑得太急了，宣传海报坏了，这可怎么办？"

"真的好长一条口子！"晓菲看着宣传海报同样面露惊异。

晓月有些慌乱，不停地自责。

"我们给领导打电话吧，她下班的时候说过有什么事和她立刻联系。"晓菲提议道。

"不好吧，这么小的事都做不好，我们前面的努力不是白费了？都怪我不好，太大意了，这件事若是让她知道了我肯定转不了正！"晓月懊恼极了，眼泪就要夺眶而出。

晓菲一时想不到更好的办法，于是拉上晓月，狂奔到那家打印社。

经过一番沟通，店家终于答应帮她们连夜赶制一张，但要交三百元。第二天早上两人取了宣传海报打车赶到了活动现场，没有耽误当天的活动。两人分摊了全部的费用，晓菲劝慰晓月说："不要自责，这件事不怪你。如果我上午不请假，或许就不会发生这样的事。"

晓月十分感激晓菲的出手相助。

那天的活动进展很顺利，她俩也受到了领导的认可——这么大的活动，所有宣传物品都准备得十分稳妥，做事很认真。

半年的实习期里，两人用各自的方式努力着，晓菲仍然尝试着融入大家，热心帮大家订餐、订下午茶、买水果，部门的氛围越来越和谐。晓月一直专注自己的工作，几乎每个同事都能看到她的进步。

很快就到了实习期结束的时候，顶头上司把她俩叫到办公室，她俩很清楚接下来就是宣布谁去谁留的问题。

上司先肯定了两人在工作上的努力和进步，接着停顿了一会儿，说："你俩确实很优秀，可是公司有自己的考量。我刚刚和老板、HR总监商量过，他们说今年公司要大大缩减正式员工的编制，所以很遗憾，你们两个都不能留下。"

一句话瞬间浇灭了晓月和晓菲半年以来的所有热情。本以为只要努力就可以有收获，这个结果是她俩谁都没有想到的。领导只说正式员工编制缩减，甚至都没有说为什么会缩减；领导看到了她俩的进步和努力，却丝毫没有为她俩争取机会的意思。

晓月反复思索，得出这样一个结论：如果只是为了缩减企业人力成本，长期雇用实习生或许是一个有效途径。

职场没有绝对的公平，付出不一定会得到想要的结果。有的时候要按资排辈，有的时候和领导喜好有关，有的时候凭借的是个人关系而不是能力。

职场求职好像每天早上坐地铁上班，刚上车由于站在门口总是感觉特别拥挤，这个现象在前几站一直无法改变，车上人太多，而你是后来的，似乎就是用来罚站和剐蹭的。有的乘客上车后会试着往里面挪动，但看上去满满的车厢很难往里走一步，可是当你换过一两位乘客后，就会发现并没有想象中的那么拥挤，就这样一点一点移动，运气好的话还会找到个座位。

刚毕业的职场新人就好比刚上地铁的乘客，前面被人忽视、排挤是一定的，等努力上位后就不会再有人来顶替你的位置。只有害怕尝试，自尊心过强，不肯低头的人才会选择一直站在门口，摇摇晃晃始终难以稳定。

当然，如果开始没有挤上地铁，要么再等一趟，要么怕挤试试其他交通方式。

所以，来不来职场，你说了算。

PART 3

平凡的我们从不怕生活的苟且

我们平凡人，从来都不怕生活的苟且

文 / 芈十四

昨天，我又去了街角的拉面馆。

这一次邻桌坐了两个中年男子，他们各自点了一碗招牌拉面和一瓶二锅头，然后两人边吃边聊。其中一位中年男子说："唉，我女儿快上中学了还和我们同住，我想给她一个单独的房间，可是家里住了老人，实在没有办法！唉，愁啊！"另一位中年男子说："你可以用隔断物想办法打造一个独立空间呀，不要怕麻烦！女孩子大了，一定要给她一个单独的空间！"

你看，生活就是这样子，充满了无奈，远远不如诗那样美好。窘迫被压成粉末溶进时间的每一个刻度。

可我想，那位即将拥有人生中第一个单独空间的女孩子，一定能感受到父亲是如何用爱和智慧，替她填平生活的缺憾。

我们普通人的一生，要面临很多夹缝生存的艰辛：钱不够用，房子不够大，上司太过刻薄，小孩长得快衣服不够穿，父母身体越来越差要不要接到身边,孩子上学了要怎么和老师套近乎……

高晓松出身名门的母亲对他们说"生活不止眼前的苟且,还有诗和远方",后来高晓松把这句话写到歌里,被所有渴望远方的人在街头巷尾传唱。

文艺青年们在追寻诗和远方的同时,我们的父辈祖辈早就修炼出了一套对抗穷困生活的方式。

我小时候父母工作忙,就把我寄养在外婆家。我的外公是一个心灵手巧的老裁缝,他不仅会制作精美的服装,还会酿酒、制辣椒酱、烹制美味的糟肉。不过,我最爱的并不是外公给我做的漂亮衣服,也不是那美味的食物,而是他时不时萌生的那些改善我们生活的奇思妙想。

我记得有一年蔬菜的价格很高,外公和外婆到菜市场买菜时都会和商贩讨价还价争执很久。有一天外公买菜回来后看着家门附近的一块空地发了一阵呆,然后就去买了一些丝瓜、黄瓜、西瓜和花生的种子撒在了地上,并一有空就按照书上的说明进行实践,没想到毫无种田经验的外公竟然真的迎来了丰收!那一年,那些瓜果我们吃了好久,甚至还拿到菜市场进行出售。

有一段时间,我在电视上看到别的孩子荡秋千就特别羡慕,然后就每天嚷嚷着要荡秋千。可是,我们住的地方没有秋千,外公耐不住我的请求,不知从哪里淘了两根结实的绳子,绑在了院子的两棵大树上,还打了两个结,并搬了一条长板凳架在两个结中央制成了一个简易版"秋千"。十多年过去了，我依然记得那天幼儿园放学之后，被外公抱到"秋千"上飞起来的欣喜。

虽然生活中有很多烦心事，但外公总能用那些奇思妙想来一一化解。

后来，我的父母从南边回到了家乡小镇。由于他们一时没找到合宜的工作，只能靠以前的积蓄度日，因此生活特别节俭，就连逛超市都只买打折促销的物品。我看到想买的玩具，从不敢央求父母给我买；看到想吃的零食，也赶紧大步走开。可是，玩具可以不买，零食可以不吃，但衣服可不能不穿。

妈妈不愿给我买布料不好或者款式难看的衣服，可是童装市场入得了她眼的衣服都比较昂贵。没办法，妈妈只好重新捡起了从外公那继承的缝纫手艺，又买了一本童装设计书，对照着款型给我做衣服。当我穿着她亲手为我缝制的背扣式马褂、蓝色波浪镶边圆领的白色衬衫和樱花连衣裙、黄色条纹假黑扣套衫毛衣去幼儿园时，小伙伴们都很羡慕我。

我七岁生日时，爸爸激动地对妈妈说："快来看啊，我买了一双新鞋子！国商的，在打折呢，才一百元！"妈妈埋怨道："你买这么贵的鞋干吗？"爸爸嘻嘻一笑说："闺女不是今天生日吗，我给闺女买的啊！"我揉揉眼，刚要从床上起来，他就一把抱起我，蹲下身给我穿鞋子。很多年过去了，我依然记得那双漂亮的红色皮鞋，也依然记得爸爸对我的重视和疼爱。

那时我虽然知道家里生活窘困，可是后来我才知道到底有多窘困——那双皮鞋,是爸爸用遣散费买的,之后很长时间我们一家人不敢买肉吃!

平凡人的生活可能处处充满了无可奈何,对抗无可奈何的,永远不可能是诗和远方,而是那种包容的心态。

这种心态会体现在生活的点滴中,这些生活点滴会映入孩子的眼中,让孩子记在心里,从而帮他领悟自得其乐的真谛。我们的生活当然会越来越好,可即使物质越来越丰富,我们仍无法避免生活中的不如意。

可是我们平凡人啊,从来不惧怕眼前的苟且,因为正是那些苟且,才让所有的温暖变得那么可贵。

请不要把时光浪费在别人的生活里

文 / 武小暖

小时候,邻居酷爱养花,他在院中种了很多月季。

每年开春的时候,我都会看到他拿着园艺剪刀,从月季花的主干上,剪掉一些旁逸斜出的枝丫;而春末夏初月季开花之后,只要花朵开始凋残,他就立刻将其剪断。

我曾经问过他,为什么要这样做。他告诉我,春天给月季剪掉那些交叉重叠、错综凌乱的枝条,一方面能保证主要枝条得到养分,另一方面也能让新的枝条有机会萌发。而花谢之后,及时除掉那些枯萎的花儿,是为了不让它们耗费植株的养料。

植物体内的营养是有限的,剪掉残花把养分供给其他花蕾,花朵便会开得更加妩媚娇艳。

花如此,人亦如是。在生活中,我们要懂得把自己的精力放在重要的事情上,这样我们的生活才会有品质。

小月升入了大学，终于摆脱了繁重的课业压力。然而，可供自由支配的时间多了，她却产生了一种茫然失措的感觉。

这么多时间，到底要做什么？她不太清楚，所以，当别人叫她一起去做这做那的时候，她就一口答应。

"小月，我们去加入学生会吧！"

"好。"

"小月，我们一起去背英语单词吧。"

"OK！"

"小月，校门口的超市在招临时业务员，咱们去兼职吧！"

"走起。"

听别人的安排去从事一项活动，这就像大家一起结伴去旅游，别人做好攻略，你不用思考和准备跟着走就行。

可是，跟着别人做的攻略走，你在旅途中还能去自己一直想去的景点吗？看到的景色会让你印象深刻吗？

大四时，小月才忽然发现，当初劝自己一起加入学生会的同学，在学生会做得风生水起，那女孩善于交往，娴于公文处理，如今在准备公务员考试。一起背英语单词的朋友，已经顺利过了雅思，正在申请国外的研究生，还排出了一串长长的候选学校名单：曼彻斯特，爱丁堡，诺丁汉……一块儿做过超市促销兼职的小伙伴呢，人家是学市场营销专业的，凭借大学期间扎实的学院理论和丰富的社会实践，给名企做了一个促销策划案，和求职信一起寄了过去。于是，大四刚开学，她就拿到名企的offer，再不用为找工作而劳神。

回头看一看，小月发现自己这四年，迷迷糊糊就过去了，看起来做的事情不少，事实上没有取得丝毫成果。

别人一开始就想好怎样去建设梦想的大厦，并一点一点地为这个大厦铺砖添瓦。而自己呢，就像那没有经过修剪的月季，上面长着各种枝条，主次不分，繁杂凌乱。

像小月这样的人很多，她们不知道自己到底要什么，总是盲目地跟随别人。小季就是这样的女孩儿，她觉得跟随别人不仅可以帮她打发无聊的时光，还会让她看起来合群并让她觉得安全。

大学刚毕业，家长就一个劲儿地催她去相亲："你看那谁，孩子都那么大了，女人生孩子不能太晚啊！""你看那个谁，现在都没结婚，估计要孤独终老了，可怜啊！""你不结婚，我们都抬不起头来！"……

小季本来很抵触相亲这件事，她觉得带着结婚的目的去结识陌生男子很尴尬，可是父母的再三劝说让她改变了想法，她开始觉得自己就这样孤单老去有些可怜。这时，小伙伴们一个个在朋友圈晒出婚纱照，于是喜欢跟随别人脚步的小季也着急了。

可是相亲只是让青年男女认识的一种方式，是否继续交往、能否走入婚姻的殿堂，还是要看双方的意思。也许是运气糟糕，也许是缘分未到，小季转眼已相亲四年可依然没有告别单身。

这四年，她眼看着一起毕业的好朋友，考上研究生后遇见了心仪的男生；也看着努力工作的伙伴，升职加薪的同时收获了真挚的爱情。可是为什么，别人的幸福说来就来，而自己的幸福始终不见踪影呢？

小季仔细地进行反思，她发现自己虽然渴望婚姻，并听从父母的安排去相亲了，但她始终抗拒通过相亲的方式来结识异性。在这种心理的影响下，她在相亲时总是心不在焉，自然就不能结识心仪的男子。

这就像周末的时候，我们有时不知道要做些什么，就会刷微博和朋友圈，在网上无所事事地晃来晃去，不知不觉便把周末给消磨过去了。

可能正是由于不清楚自己想要什么样的生活，不清楚自己想和什么样的人共度一生，小季才会相亲四年始终没有遇到心仪的异性吧。

人总是很矛盾，我们有时候不好好经营自己的生活，却把精力用来过分关注别人的生活，似乎只有关注别人才能让我们的生活变得圆满。

我的同事小红就是这样一个人。前不久，小红失恋了，我们理解她的伤心难过，也愿意帮她度过这段难熬的时光。可是，我们为她加油打气摇旗呐喊没有丝毫作用，她依然一天到晚关注前男友，让自己沉浸在伤痛之中。

他的QQ空间换了头像，他的微信朋友圈换了封面，他的微博发了一条说说，这条说说用词朦胧，是不是在暗示他们的感情还有回旋的余地……

他自从和自己分手后从没来过自己的空间，却一个劲地给自己的闺蜜点赞，是不是他们之间有什么不可告人的纠缠？

他在朋友圈晒了一张照片，照片中的那条领带是自己送给他的。这是不是说明他对自己还有感情？他是不是后悔了，要与自己复合？他如果来找自己复合，自己要不要同意？

就这样，小红把工作之余的所有时间都花费在窥看前男友和分析前男友上。可是，分手了就是分手了，逝去的感情再美好也已经是过去的事情了。对待这样的感情就应该像对待那凋谢的月季花一般，应该毫不犹豫地拿起剪刀把它减掉。

与其留下这朵残花，徒然地长在枝干上空耗养料，不如及时止损，留下养分供给其他的花蕾。

我们的人生就像月季那样，需要不停地修剪完善。你得知道自己想要什么，才能撇下不重要的事情，把精力用到重要的事情上。

我们不必非得追寻"像谁一样""和谁一起"，你的人生之路，终究是要由你自己来走。

有句话说得特别好：你的人生，是你自己的剧本，不是父母的续集，不是子女的前传，不是朋友的番外篇；你的学业，由自己计划，每个人要经营自己的未来，不必随波逐流，模仿照搬；你的生活，任自己打点，只需忠于你的灵魂，不必活在别人的眼中，或是舌尖；你的感情，需自己决断，与其空耗精力，不如挥别昨天。

因此，我们的时间有限，不要把时间浪费在别人的生活里，也不要被别人设定的条条框框束缚、牵绊，更不要让他人发出的噪声淹没你内心的呼喊。最为重要的是，要有勇气遵循你内心的召唤，这些召唤会指引你了解自己想成为一个什么样的人。

孤独的时候该做点什么

文 / 宋小君

2013年，我一个人回到了曾经上过大学的那所城市，大巴车到站的时候天已经黑了。我提着行李走到那个熟悉的公交站，看着开来的17路公交车，想起了三年前的那段时光。

三年前，我经常从这里坐17路汽车去学校。那时一下公交就有一个可爱的女孩飞奔到我的怀里，然后拉着我去食堂让我陪她吃泡面。可是如今我站在公交站，看着这所城市的滚滚车流却不知自己去往何处。我把内心泛起的这种难以言说的感受，称为孤独。

是的，这种感觉是孤独。从我2010年大学毕业后去上海打拼开始，孤独就常伴我左右。我蜗居在离公司不远的小合租房里，每天步行上下班。工作不久之后，我与相恋多年的女朋友分手了，分手后的下班时光总是很难熬。

为了消磨寂寞的时光，我一个人几乎逛遍了上海所有的书店，甚至还为此办了一张图书馆的借书卡。然而，传说中在图书馆遇上漂亮姑娘的桥段并没有上演，我反而因此变得害怕一个人吃晚饭。

那个冬天，我坐在图书馆附近的兰州拉面馆靠窗的位置吃着一份拉面。窗外不知何时飘起了雪花，一对对男女从图书馆相携而出，有的一起钻进了附近的餐馆，有的一起坐上了回家的车，有的相互搀扶着在路上走着，他们有说有笑看起来是那么幸福。反观自己，在下雪天孤孤单单地吃着拉面，吃完还要一个人坐车回到住处，更糟糕的是，没有人在等我回去！

于是，我那时给孤独下了一个定义，飘雪的季节一个人静静地吃拉面，吃饱后慢悠悠地回到住处发呆！

我的房间靠近马路，躺在床上就能透过窗户看到街上的景色。我经常静静地看着窗外的行人发呆，总是觉得街上的行人比我过得幸福。

我那时的日子过得很乏味，工作以外的时间不知道如何支配。我想结识新的姑娘，可是不知道如何去做，虽说公司也有几个不错的姑娘，但我总是羞于搭讪。

我记得自己曾苦恼地问主管吴叔："我们天天上下班，圈子就这么小，怎样认识新姑娘呢？"

吴叔笑了笑，说道："这我可帮不上忙，你得自己想办法！"

自己想办法，对，我自己来想办法！我不断地问自己，为什么在青春年少的日子活得这么孤独，连个说话的人都没有？是把自己的心门关闭了，还是因为总是活在网络中从而丧失了交际的能力？

不能再这样下去，于是我在网上组织了一次线下活动，没想到还取得了不错的效果。

那天，我在上海同城的豆瓣小组上发了一个帖子，帖子的大概内容是，让城市里寂寞的灵魂相聚吧。

没想到，这个帖子发出后应者云集，很快我就建立了一个一百多人的QQ群。接着，我们在这个QQ群里聊天，后来又组织了线下活动。参加活动的人很多，有漂亮的上海姑娘，有卖爬行宠物的富二代，还有和我一样来上海打拼的姑娘……

那是我大学毕业之后，第一次去夜店跳舞，我骨子里是一个很腼腆的人，极少出入这样的场所。可是为了战胜寂寞和孤独，我不得不这样做。一群人的狂欢总好过一个人的孤单，这句话有几分道理。

就这样，我和这群陌生的男女一直玩到了凌晨，凌晨过后又换了场地玩其他游戏，一直玩到天亮。

一个月后，我组织的群里，有三对男女谈起了恋爱，我却依然没找到心仪的姑娘。组织大家聚会狂欢，每个周末都会花掉不少钱，很快我的钱包就开始抗议，我也慢慢厌倦了这种生活。我发现和众人一起狂欢确实可以赶走我的孤独，可是狂欢过后回到住处，那种孤独感又会侵蚀我的内心，甚至比以往更加强烈。

我不再去夜店，也不再参加聚会，我想找一个能让我真正摆脱孤独的办法。经过种种尝试，我发现写作似乎是一个帮我对抗孤独的有效方法，于是我开始在豆瓣上发表文章。

那一年，我每天回家之后就开始写作，节假日还会去图书馆查资料，没想到写出了《纳兰容若的诗词与情爱》这本书。

我的朋友曾调侃说，这本书治愈了失恋的我。其实，这本书出版的时候，我内心的孤独并没有减少太多，但至少有事情可以做的我不会有那么强烈的孤独感。

后来我搬了家，和三个女孩开始了合租生活，于是创作了一本《一男三女合租记》，这时我才觉得自己真正从深不见底的孤独里抽身了。

孤独感每个人都会有。人活在这个世界上，都要学会独处，因为没有人可以一直陪伴你。社交软件能解决寂寞，但未必能解决孤独，这大概就是为什么，人们总是觉得孤独。

总有人通过豆邮和私信问我，孤独的时候该怎么办。我并不能提供具体的解决方案，只能同大家分享一下我的真实经历，不过我也总结了一些对抗孤独的方法，希望这些方法能对大家有些帮助。

首先，要培养一个爱好。

能让时间不知不觉过去的，除了与恋人相处之外，大概就是做自己喜欢的事了。

我有一个女性朋友多年独居，每天早上都会给自己做花样不同的早饭。

我曾问她："一个人吃而已，为什么要那么耗费精力？"

她说:"每个人都应该善待自己,吃不是重点,我享受的是为自己精心准备早餐的过程。"

去年,她交了男朋友,两个人经常一起精心准备早餐,于是早餐的花样更多了。她们每天都在微博上分享两人的早餐,现在这个微博上有了庞大的粉丝群。

第二,心里有人可以惦记,手上有事情可以做。

心里有人惦记,这个人可以是早已分手的前男友或前女友,也可以是自己喜欢已久却从未鼓足勇气去表白的人。心里有人惦记,就会对这个世界温柔,就会注意自己的仪表和仪态,每天以完美的姿态生活。

手上有事情可做,可以是自己喜欢的事情,也可以是你的工作。不同的事情可以给你带来不同的魅力,让人乐以忘忧,不断地充实自我。

第三,别和孤独对着干,孤独是用来享受的。

孤独往往意味着人生要掀开新的一页。

我写作之初,从未想过靠写作挣钱,我只是觉得写作是我唯一擅长的事情。于是,我热恋的时候写,失恋的时候写,孤独来袭的时候也写。

古人说"国家不幸诗家幸,赋到沧桑句便工。"我开始不理解,后来便理解了,孤独的人往往能创造一个世界,哪怕这个世界很小,但它仍旧是一个世界。

里尔克写的《秋日》,也许是对孤独最好的解释——

> 谁这时没有房屋,就不必建筑,
> 谁这时孤独,就永远孤独,
> 醒着,读着,写着长信,
> 在林荫道上来回,
> 不安地游荡,落叶纷飞。

2013年,那个回到旧日城市的晚上,我独自躺在小旅馆里看着漫天的星辰,回忆着过去享受的孤独。

我没有杀死孤独,我与孤独和解了。

你需要做的，往往不是叹息命运而是调整自己

文 / 高瑞沣

当我还是一个小男孩的时候，我经常愉快地问妈妈："长大后我会变成什么样？会不会变美丽，变优雅？会不会变有钱，变富有？会不会遇到一个又帅又有钱的男人，爱我爱得死去活来？"

妈妈看起来很激动，她使劲摇晃着我的肩膀，用颤抖的声音跟我说："儿子！你不要吓我！你也不要想不开，一定要认清这个残酷的现实——你是一个小！男！孩！"

那时我才知道，原来小男孩不能期待这样的未来！未来并不是你怎么幻想，就会怎么发展，因为很多事情从一开始就让你无法选择！

因为不能选择，导致这个世界存在那么多的不平等，比如很多比赛，从"奥林匹克"到"快乐男声"，前几名应该说实力都相差无几，但是第一名总是最容易让人记住；又比如人的出身，越是家庭富有的人越能享受优质的教育资源，也越容易得到发展的机会；

再比如爱情，总是你爱的人不爱你，爱你的人你却不爱他……有些人一辈子都没有好好地享受一次，而有些人轻而易举就能得到很多人一辈子都买不起的东西；那么多无辜的人在战争中丧命，但有些人却借助战争大发不义之财；有些人伟大到会为了世界牺牲自己，而有些人在伤害别人后却一次又一次地妄想逃脱法律的制裁……

不知道你有没有听过这样一个故事，有个进京赶考的举子在考试的前几天晚上，一连做了三个梦。第一个梦，他梦见自己在墙壁上种白菜。第二个梦，他梦见自己站在倾盆大雨中，不仅头戴斗笠还手撑雨伞。最后一个梦里，他梦到了自己暗恋已久的姑娘，两人背靠背地躺在床上。

早上醒来的时候，这个举子觉得自己的这三个梦应该很有深意，于是就去找算命先生占卜。这个算命先生对他说："在高墙上种白菜，怎么可能种出来，那不是'白中'吗？而戴着斗笠还要打伞，不就是多此一举？明明跟暗恋的姑娘都躺到床上了，却背对背，不就是什么都没有发生？这不就是空欢喜吗？"

举子听了算命先生的解说，觉得自己高中的希望十分渺茫，不禁心灰意冷地返回客栈想要收拾行李回家。客栈老板好奇地问他："怎么还没参加考试就要打道回府？"

举子就跟客栈老板复述了算命先生对自己梦境的解说，客栈老板听后哈哈大笑。他对举子说自己也会解梦，接着就给举子解说："墙上种菜，其实是高中；戴了斗笠又打伞是有备无患；和姑娘背靠背躺在床上，是说他翻身的时候就要到了！"

举子一听,觉得老板说得好像更有道理,然后信心十足地去参加了考试,最后真的取得了好名次。

心态居然可以影响命运!怪不得罗素说:"人生的参差多态,乃是幸福的本源。"

我们少年的时候想成为作家,成为画家,成为科学家;想被别人敬仰,想获得荣耀,想体验不同的人生。可是后来,有多少人在生存的重压下被迫妥协,忘记了自己少年时期的梦想。

"不忘初心"尽管有那么多人做不到,但是还是有人在无怨无悔地默默坚持!

"我从来没有上过热搜,即使我做了十年的音乐,第一次上热搜竟是因为离婚这件事,希望大家不要去打扰她了,毕竟女方也陪我走过了一段青春。"再度走红的薛之谦,曾经为自己的前妻这样发声。

曾因《认真的雪》走红的薛之谦忽然淡出了大众的视线,如今终于又火了起来。他的每句话、每个新闻都能成为热点,获得极大的关注。现在恐怕没多少人记得,他曾经还说过这样的话,有点自嘲,有点讨饶求谅,有点心酸,还有点无奈。

你身边的人都红了,而只有你过气了,你怎么想?你是不是觉得你运气不好?

相信好多人都这样问过他,而他只是告诉大家,他做生意很抠,几块钱都要计较,但是做音乐却很大方,别人说要多少钱,他都给,完全不会讲价。因为那是他最爱的音乐啊!

可是没钱做音乐，他尝试开火锅店，他卖了房，东拼西凑，才凑足开店资金。选址、装修、菜品、定位、厨师、进货，他样样亲力亲为，这些他都没有说，还是靠朋友爆料，大家才知道，知道他还有过六七年的神经衰弱。但是为了不让观众觉得自己是在强颜欢笑，所以薛之谦从来没有说过自己有多么的辛苦。

大多数人在成长的过程中，都会遭遇各种嘲笑和侮辱，有的人会就此消沉，一蹶不振，有的人却会迎难而上，奋力拼搏。

你也许租不起市中心的房子，只能租住在偏远的郊区，每天搭乘拥挤的公交或地铁上下班；你可能每天忙忙碌碌却只能勉强解决温饱，眼睁睁地看着橱窗里喜欢的物品却没有钱将其收入囊中。而有些人含着金汤匙出生，不学无术却可以身居高职，整天无所事事却有大把的时间和金钱供他挥霍。

你每天奋斗忙碌却只能租住在逼仄的房子里，穿着廉价的衣服，吃着便宜的食品，被很多人冠以"屌丝"的标签。有些人却在你工作的时间睡觉，在你睡觉的时候过着醉生梦死的生活，他们手拿奢侈品，住着用父母的钱买来的豪宅，浪费着人类的资源，还敢天天以"高富帅"和"白富美"自居！

英国导演迈克尔·艾普特，从1964年开始拍摄一部需要用四十二年才能完成的纪录片，叫《人生七年》。该片采访来自英国不同阶层的十四个七岁的小孩子，他们有的来自孤儿院，有的是上层社会的小孩。此后每隔七年，艾普特都会重新采访当年的这些孩子，倾听他们的梦想，畅谈他们的生活。

这些被选中的孩子们代表了当时英国社会不同经济背景的阶层，他对这些孩子做出了明确的假设——每个孩子的社会阶级预先决定了他们的未来。

最后事实果然如迈克尔·艾普特四十多年前料想的一样，富人的孩子最后还是富人，穷人的孩子最后还是穷人。可是，让人惊喜的是，一个名叫尼克的贫穷孩子，通过自己的努力成了大学教授！

尼克的现象是让人欣喜的，因为是他让我们看到，命运的手掌里还有漏网之鱼！这个世界的不公平，并没有斩断我们成功的所有可能！

命运给你一个比别人低的起点，是因为它想告诉你，你有机会用你的一生去演绎一个绝地反击的故事。这个故事有关于努力，有关于坚持，有关于梦想，有关于勇气，有关于独立，有关于坚韧，还有关于一切通过自己努力而实现的美好！

蒲松龄参加科举考试屡屡不中，他曾在书房里挂了这样一副对联："有志者，事竟成，破釜沉舟，百二秦关终属楚；有心人，天不负，卧薪尝胆，三千越甲可吞吴！"

谁的成长不会伴随着悲伤难过？谁不是在难熬的时光里咬牙坚持？谁不是一路厮杀，摸爬滚打直到长大成熟？

我们都曾经历过年轻彷徨，也都熬过了伤心难过，平凡的我们都是凭着执着的精神，通过每天的努力和坚持，才让自己变得越来越好！

总有人过着被你放弃的生活

文 / 张绵绵

我爱上了世界上最好的男人,可是他很穷,我该怎么办?

很多年前,我曾反复思考这个问题,不过我最后选择了放弃这个男人。我没有做到守护爱情,但是有人做到了,那个人就是小艾。

第一次认识小艾的时候,她正盘着腿坐在巴黎街头的长椅上,像个小孩子一样吃着开心果,旁边还放着CELINE的当季新款包包。

她的朋友圈不是晒周末在塞纳河边喝酒,就是晒在香榭丽舍大道购物,要不就是晒法国餐厅的精致美食——她说她喜欢这种追求完美但不被完美束缚的人生。

小艾已经结婚了,如今生活在巴黎,老公是一个"男模"身材的法国帅哥。这样听起来,她无疑就是人生赢家。我很自然地把她归为"白富美""富二代",或者老公是"富二代"的行列。

认识久了,我才知道,事情并不是我想的那样。

小艾出生在江苏农村的普通家庭,通过努力学习来到上海读大学,并在大二的时候遇见了现在的老公Frank。

小艾说,现在大家看见他们夫妻,都会羡慕他们的幸福,可是当初他们交往的时候,并不被大家看好。

小艾大二的时候,Frank已经二十八岁了。他一个外国人独自在上海工作,每个月的工资除去租房和日常开销就所剩无几了。小艾正在上大学,当时也没什么钱,于是两人最常去的约会地点就是街边的麻辣烫店。

小艾说Frank身上有一种独特的魅力吸引着她,只要跟他在一起就会开心。Frank就像一个可爱的"大男孩",让她不得不爱。

小艾发现自己爱上Frank后就主动追求他,两人很自然地走到了一起,后来又顺利地走入了婚姻的殿堂,如今两人结婚已经六年了。

小艾说虽然当时很穷,但是Frank总会时不时地给她买小礼物,发薪水了也会带她去大吃一顿,俩人在一起时总会很快乐。

以前我不信有情饮水饱,因为我的长辈告诉我,柴米油盐酱醋茶就是生活的全部,而这些都需要用金钱来解决。如今听了小艾的诉说,我信了这句话。

事实上,良田千顷不过一日三餐,广厦万间只睡卧榻三尺。在解决了基础的衣食住行后，我们更需要的是精神上的快乐和心理上的满足。百味珍馐、千尺豪宅也并不一定比得上和相爱之人一起在小区门口散步的快乐。

若二者皆可，那不失为一种幸运。若财富和爱无法两全，那么选择爱吧，因为钱，我们可以通过努力来获得；但爱，是上帝赐予你的屈指可数的运气。

很多人羡慕小艾如今的幸福生活，可是他们并不知道她曾经的艰辛。

小艾上大学时靠做兼职养活自己，同时还要补贴家用，和Frank交往不久还曾被他亲眼目睹自己被债主追债的狼狈情形。小艾说那一幕自己至今难忘，Frank当时把自己紧紧地护在身后想帮忙还钱，可是他也没有那么多钱，于是把原本打算送给小艾的最新苹果手机交给了债主。

从那一刻开始，这个从农村走出来的女孩就决定努力奋斗，改变自己与Frank这种窘迫的生活状态。

虽然努力打拼，并不能让你变成富翁；但随着经济的发展和人均收入水平的不断提高，相信更多的普通人在未来的生活不会太过艰难。

那时的我们生活富足，不再害怕贫穷，不再像今天这样焦虑。面对选爱情还是选财富这样的问题时，很多人会毫不犹豫地选择所爱之人。甚至，我们根本不会再问出这样的问题，这样的疑问和烦恼将不复存在，因为经济问题不会再困扰"普通人"的生活。

其实，婚姻最该害怕和对抗的不是贫穷，而是日复一日的琐碎和无味。

是的，不是每一个选择了穷小子的姑娘都会过上幸福的生活。可是，小艾凭借自己的聪明、乐观、坚强和独立，过上了幸福美满的生活。

"我现在也从不觉得自己以前的日子有多艰难，我觉得不论处在什么样的环境下，都要先接受它再努力改变它。如今我很感激那段经历，正是它们让我变得更强大。"小艾说。

我觉得正是因为她有如此豁达的心胸，有如此清晰的生活目标和方向，有如此独立自强的品质，他们夫妻才迎来了甜蜜幸福的生活。

小艾通过努力创建了自己的小公司，给父母买了两套房子。Frank的工作需要每三年就更换一个国家，小艾就一边陪伴Frank，一边远程打理自己的公司。

不要轻易被别人影响，追求自己想要的，你也可以过上自己向往的生活。

命运不会辜负你的努力

文 / 秦苗条

在赵瑶成为"画师大大"以前,曾经问过我这样一个问题:"命运为什么偏偏喜欢辜负追梦人?"

那时,我也正在思考这个问题。

当时的我怀着满腔热情进入一个工作室做写手,可是稿子码了很多,却没有一部作品得到出版。后来,工作室有个点评员给我发来了审稿意见,她把我的作品指责了一通,却并没告诉我如何修改。虽然我知道他并非权威人士,可我依旧很沮丧。

我有时会萌生放弃的念头,可是我又不甘心就这样轻易放弃,这种纠结的情绪弄得我烦躁想哭。

赵瑶当时的情况应该与我的情况类似,她在一个漫画平台上发表作品,也一直得不到人们的认可。

她气馁的时候会找我聊天,我有时会笑着对她说:"要不我们放弃吧。"

"就这样放弃吗?可是我真的不甘心!"她嘴角挂着苦涩的笑,"我真的喜欢画画,一想到还没做出一些成绩就选择放弃,我就难受。我觉得让我放弃画画,就像在逼我自杀!"

我很理解她,她爱画画正如我爱文学创作一样。我对文学的喜爱也已深入骨髓,让我放弃文学也等于逼我放弃生命。

于是,我笑着鼓励她:"那就硬着头皮继续努力!"

后来,我终于发现这个工作室不正规,于是退了出来。这时,一个平台的编辑邀请我入驻他们平台,于是我怀着雀跃的心情注册并发文。

我每天勤勤恳恳地在平台上发表文章,两个月的时间写出了一本十四万字的小说。我的努力没有白费,这本小说让我拿到了三百五十元的稿费。

虽然稿费不多,但这是对我的一种肯定。"暗沉的夜里看到星光,空荡的山里听见鸟鸣",这大概就是我当时的心情。

赵瑶得知我拿到稿费的消息后特别开心,追着我叫"作家小姐",我开心地称呼她"画家大大"。然后,我们相视而笑,觉得前途一片光明。

拿到第一笔稿费之后,我终于在那个平台攒了些人气。可是,赵瑶这时却打算放弃。

我心中一惊,迟疑地问:"为什么?"

她苦笑道:"好累啊。"

原来,她拜托一个朋友去看自己的漫画,而她那个朋友在草草看完之后,却问她:"你有没有想过,画了这么久还没有人气,可能你真的不适合?"

这句话刺痛了赵瑶的心,她不禁怀疑自己的能力,真正萌生了放弃的想法。我劝她不要放弃,她却红着眼睛问我:"你懂什么?"

我急切地说:"我不懂,我什么都不懂。但你的漫画我都看了,我觉得很好,真的很好。你再坚持一下,相信我,只要再坚持一下,你的作品就会得到大家的喜爱!我也萌生过千万次放弃的念头,但坚持下来不是拿到稿费了吗?相信我,你也可以的!"

"是啊是啊,劝别人努力总是很轻松,可你不是我,你根本不明白我的处境有多艰难!"赵瑶推开我,红着眼睛走了。

其实,赵瑶说错了,她的生活现状我能想象出来。她比我早两年进入社会,我在课余时间写文章的时候,她正在与客户交流;我在温习功课的时候,她正拖着酸痛的身子挤地铁;我结束一天的课业生活准备睡觉时,她又拿起了画板。

她确实很累,可是成年人的生活哪有"容易"二字?

赵瑶断更了。

我刷新了很多遍,还是如此。

我叹气,不知道该如何劝她。不过,我还是相信她不会就这样放弃。

不知怎么回事,我的创作也陷入了瓶颈。这时,有个朋友告诉我一个平台正在征稿,问我有没有兴趣参加。于是,我选择了一篇质量较好的作品去参加活动,没想到居然被平台选中了。

受到了赞赏和认可,我重燃了斗志,于是每天疯狂地创作投稿。一天,一个编辑忽然主动问我:"想签约吗?想写专栏吗?想出书吗?"

想啊!太想了!这可是我梦寐以求的事情啊!合同打出来的那一刻,我双手颤抖地捧着它,迟迟不敢去签上自己的名字!我一遍遍触摸自己的脸颊,告诉自己,这不是梦!

此后我的创作之路居然变得顺遂了。我每天在平台上发表文章,积累了人气,赚取的稿费让我实现了经济独立。

一天,一个认证为"××制片人"的老师给我发私信,说想和我谈谈。

我心想,这不会是骗子吧?

不过,我还是忐忑地和他聊了起来。那位老师人很好,他见我年轻就鼓励我考编剧专业的研究生,还为我推荐了几本编剧书,建议我写长篇故事。

我买了老师推荐的编剧书,可是书本太枯燥了,翻了几页我就把它束之高阁了。

可是,每当看到优秀的影视剧时,我的眼睛总会不由自主地看向那堆编剧书。我知道,自己还是心存一个编剧梦的。

"试试吧,试试吧,没准自己能考过呢!"这个声音一直在我脑海中徘徊。于是,我开始准备编剧专业的研究生考试。

在我准备研究生考试的时候,赵瑶悄悄地删掉了以前平台上的所有作品,然后毅然决然地去了一个新的平台。

没想到,她居然就那样红了起来!走红后不久,她的作品就被出版社的老师相中,为她出了漫画书。

赵瑶把亲笔签名的漫画书赠给我,然后对我说:"此生无憾了!"

她听到我在准备编剧研究生考试的消息后,叫了我一声"未来大编剧",我笑着称呼她"未来动漫家"。

我们再次相视而笑。

我知道,我与赵瑶的成就与很多人相比,显得有些微不足道。不过,我们的坚持和努力终于迎来了回报。

我承认,我们追梦的途中想过千万次放弃,但是"不甘心""再试一试"支撑着我们走了过来。我们也曾抱怨"上帝不公平""上帝不垂青我们",可是,我们又清楚地知道,世上努力的人有千千万,我们只有更加努力才能得到上帝的垂青。

那些窘迫的日子,你是怎么熬过来的

文 / 马宗武

二十七岁那年的秋天,我成为北京一所女子学院历史上的第一个男生。你没看错,是女子学院!一位我敬仰的播音前辈认为我有一副好嗓子,是做播音工作的料,就跟校方争取,让学校破格招收我。在中断读书十几年后,我就这样开始了自己的大学生活。

在此之前的一年,我结束了在故乡新疆做汽车修理工的生涯,来到广播学院(现在的传媒大学)开始追寻自己的广播梦。

在广播学院,我意识到知识的框架需要一点点搭建,如果没有基本学历,你就无法登上更高的阶梯。而我,初中都没毕业就被迫辍学谋生,并从此再没进过校园。

因此,能去女子学院读书,哪怕只是大专,我也很珍惜。专业课顺利通过后,接下来还要参加成人高考。为了通过考试,我从考前半年就开始复习高中课程。

当时我住在广播学院的宿舍里,每天早上四点多起床背英语单词，吃过早饭后学习高中语文和政治，下午和晚上学习历史、地理和数学。由于我本身数学就不好，再加上中断了太久，数学学起来很吃力。因此，我每天在数学上会花费大量时间，我背诵基本的概念，熟悉基本的例题，理解不了就记下这类题型的解题步骤。

北京的冬天十分寒冷，早起是一件特别痛苦的事情。我四点多爬起来背单词时，窗外还是一片漆黑。为了不吵到宿舍的其他同学，我要蹑手蹑脚地起身拿着那本《许国璋英语》走出门，然后在冰冷的路灯下伴着呼啸的北风一遍遍地朗读最基本的单词和句子。早起晨跑的老人和从附近网吧刷夜回来的学生，路过我的身边时偶尔会看我两眼。

宿舍里几个舍友对我要去考大专表示费解，他们觉得，我这个年纪即使通过了成人高考，读完大专也将近三十岁了，那时的我学历低、年纪大，哪个电台会要我呢？

这个问题我也曾想过，但是为了圆我的大学梦，我必须脚踏实地。我明白自己不年轻了，现在开始学习的确是晚了，可是如果我现在不学习，以后就更没机会学习了。

很小的时候，大姐就曾对我说"笨鸟先飞早入林"，既然我这只"笨鸟"已经比别人迟了那么多年才决定捡起书本，那就要比别人付出更多的努力才行。

半年的努力没有白费，我顺利地通过了成人高考，成了中华女子学院的一名学生。

我的情况和其他同学不同，入学以后我不得不考虑自己的生计问题。我的哥哥姐姐都已成家有了自己的生活，让他们从微薄的收入里挤出钱来接济我是不可能的。从新疆的汽车修理厂出来，单位给了我三万六千元，这是我的全部积蓄。我要用这笔钱支付学费，还要用它维持未来几年的生活，因此我特别节俭。

我将生活开支压到最低，但是饭总得吃饱，一天三餐总得保证。当时学校食堂每天傍晚都会有特价菜，可是这种菜卖得很快，往往开餐半小时就卖光了。为了买到经济实惠的饭菜，我总会在开餐前半小时来到食堂学习。

从新疆出来的那一年，我还在用寻呼机。为了更多地跟外界接触，找寻一些配音的零活养活自己，哥哥把他淘汰的一部旧手机寄给了我，那也是我拥有的第一部手机。有了它，我每个月基本上能接到四五个配音的工作，每月有三四百元的收入。

就这样过了一段时间，找我配音的人渐渐多了，尽管日子不再那么窘迫，可我依旧用着那部手机，好像也是在追溯那一段苦涩的回忆。

我永远记得2001年9月的那天，那是我走进女子学院成为一名大学生的日子。尽管只是大专，尽管常被人问"你一男的，怎么读女子学院"，但能够成为大学生，我已经很满足了。

我的北漂生涯虽然起点低，但我从来不曾放弃和沉沦。那些窘迫的日子，我就是靠着心里的那一点点梦想，执着地努力着。若干年过去了，我还是会常常想起那些时光，有时我也会想，也许你和我一样，也曾度过了那样一段窘迫灰暗的日子。你是怎么熬过那段时光的？我想你一定也曾流过泪、伤怀过、落寞过，在绝望的边缘挣扎过。

那些生活的艰难、工作的失意、学业的压力、爱得惶惶不可终日的时光都会过去。鼓起勇气面对，人生就会豁然开朗；即使你缺乏勇气，无法面对现实，时间也会教你怎样与那些失意握手言和，让你变得淡然、自信。所以，我们不必害怕。

敢不敢想象自己下一个十年的模样

文 / 晴咖

前不久在一位姐妹的婚礼上我见到了兰兰,一转眼我们已经有十年未见。她从老家赶来,带着满满的诚意和祝福前来参加好友的婚礼。

虽然她经常在朋友圈分享自己的日常生活,但见到她时,还是让我吃了一惊。她早已褪去了女孩的稚嫩和天真,平添了几分女性的妩媚,举手投足间还散发着母性的光辉,毕竟已是一位孩子的妈妈了。

这真的是我曾经认识的兰兰吗?

我还记得她刚被学生会录取时,兴奋地给我打电话:"小晴,我被生活部录取啦!你知道吗,他们问了我好多问题,我紧张得手心直冒汗,生怕答不好,没想到真的能被录取……你也要加油哦,我等你的好消息,等你进去后我们就能一起共事啦!"

她是个自信心欠缺,却做事不遗余力的人。她会为了学生会的演讲，去自习室通宵达旦地准备演讲稿；她会为了主持好迎新晚会，一遍遍地修改和背诵台词；她会为了赢得男神的青睐，拼命地学习和减肥……她曾拉着我的手站在操场中间，信誓旦旦地仰空呐喊："我们要互相勉励，共同努力，在大城市打造一片属于自己的天地！"

我们在婚宴上愉快地交谈，她不时地向我们分享自己的育儿经验以及孩子的成长趣事。

"兰兰，当初你可是班里的好苗子，立志要在大城市好好发展的，怎么如今回乡创业了呢？孩子转眼间都这么大了，你这速度可超了我们这一桌子人啊！"同桌的一个老同学调侃道。

"唉，你别笑话我了，大学时候的事你还提它做什么？我现在的工作就是带孩子，哪还有什么开创事业的心！你们如今一个个事业有成，真叫我羡慕！不过，看着北京的房价，我还是庆幸当初没有选择留下来！我就是一个普通人，没有那么大的野心，我就想工作之余多多陪伴孩子和老公，我觉得这就是我想要的生活！"

听完这番话，我们沉默了几秒，接着举杯敬了兰兰一杯酒。

的确，经济的发展在给人机会的同时也在造就着压力。很多人像兰兰一样在大学毕业后，选择返回家乡，因为那里的生活节奏不会那么快，那里有家人的帮衬和较低的消费，那里有自己熟悉的环境和一起成长的伙伴。

埋下一颗希望的种子很容易，但做到每天浇水、修剪、施加养料……却很难。梦想就好比这颗种子，它确实可以生根、发芽，茁壮成长，只是现实中会有各种因素使我们没有办法等到它开花结果的那一天。

我有一个朋友，是典型的北漂奋斗一族，自从在大学里谈了北京的女朋友之后，就为自己设立了一系列的奋斗目标。

刚毕业的时候他就千方百计地寻找能够解决北京户口的单位，经过不下五六十家的面试，才进了一家北京近郊的单位，解决了户口问题。为了获得北京政策房的申请条件，他又将自己的郊区户口转移到北京市区。经过长达四年的漫长等待，他终于拿下了政策房并与心爱的女孩结婚了。在等待政策房的时候，他在郊区贷款买了一套住房，房产还在不断地升值。婚后不久，他又摇号购买了车，就这样，他终于实现了在北京有房有车有家庭的愿望。

我的另一个朋友也是北漂，从事的是IT行业。他刚来北京工作就研究着买房和落户问题。由于刚工作工资不高，在北京买不起房子，全家就省吃俭用在离老家比较近的深圳买了个小户型的房子，并在买房的同时办理了深圳户口。三年之后，北京房价疯涨，他又贷款在北京买了一套住房。几年的打拼过程中，房价是持续上涨的，他的工资也是每年翻倍的，目前他们全家准备卖掉北京的房子到深圳生活。相似的想法和经历，同样完成了从小城市到大城市的迁移。

没错，我们中的大多数人都是普通人，但普通人就不能奋力生存、安居乐业了吗？只纠结于眼下的人是看不到未来的，他们永远无法体会到那种为未来做准备、通过不断地计划和努力最终赢得回报的喜悦！

或许没有含着金汤匙出世，凡事要靠自己；或许时运不济，接连遭遇挫败；或许没有清晰的方向，不知道自己的未来在哪……这些都可以成为你安于现状的借口，只是人都有欲望，都会有不甘心。你时常会说，如果当初怎样怎样，你早就会怎样了。心里的不甘会时不时地跳出来提醒你，你的人生是有遗憾的。难道你要把希望寄托在孩子甚至孙子身上，让他们来帮你实现你未完成的理想？难道不应该让自己有足够的能力去支撑下一代创造属于他们的梦想和未来吗？

时光匆匆流逝，总有一天你也会年华老去变得直不起腰。那时，或许你也会去跳广场舞，乘坐公共交通工具时也需要年轻人让座，你也会行动不便渴望子女的陪伴。不过，距我们老去还有不少时光，现在你能想象自己下一个十年的模样吗？

十年后的你或许正和喜欢的人在一起过甜蜜的生活，他疼你爱你呵护你，以拥有你为荣；十年后的你或许正坐在咖啡馆里沐浴着阳光，一边处理邮件，一边品着焦糖玛奇朵；十年后的你或许正在老公加班时独自带着儿子逛商场，儿子哭闹着想要最新款的玩具，你有能力负担，但耐心地告诉儿子，只有期末成绩进了全班前五名才会给他买；十年后的你也许还在为每天千篇一律的工作感到烦恼、痛苦，但每天还要持续坚持；十年后的你或许不用工作，没有了奔波的忙碌感，而是增添了与社会脱节的孤独感，和别人谈论的话题除了自己、孩子，再无其他。

有的时候我们希望时间停一停、等一等，等有人赏识了再去努力，等有人追求了再去谈恋爱，等看到回报了再去拼搏。殊不知，时间流走的同时还带走了我们身上的那股韧性。

不要寄生于眼前的现状，利用空闲的时光去找寻自身更多的可能性。

十年、二十年、三十年后的你，有更多自由支配的时间和空间，可专注、可放松、可切换……晚年的你也是可以不跳广场舞的，你可以带着孙子环游世界，也可以做自己一直想做却一直没时间做的事情。

生活的每一天都是要有些准备、有些付出的，不然凭何期待？

你真的很忙吗

文 / 晚秋

去年这个时候,我刚刚升职接手工作项目和团队的管理。繁忙琐碎的工作经常害我忙到深夜,可是如此加班加点,项目仍无多大进展。升职带来的喜悦,很快就被焦虑所取代。

一个人的状态和工作表现是骗不了人的,我很快就因压力太大吃不好睡不好,神色疲惫,脸色晦暗。

那天一大早,我被老大叫进了办公室。我向他汇报工作之后,他问我就任这个职位以来的情况和感受。我很想向他倾诉自己内心的酸楚,但为了表现自己,我还是强装镇定地挤出两个字:"还行。"

他点了一下头,说道:"你刚刚担任这个职位,遇到一些棘手的事情也是正常的。如果有什么困难,可以跟公司提出来。"原来,老大都是知道的。于是,我跟他聊起了那些细细密密的待办事项以及项目中遇到的关卡,还有那些我很想做好却让我感到力不从心的事情。

老大听我絮絮叨叨地说完，顿了一下说："有问题是好事，你有这种心理也是很正常的。但是，难题不可怕，忙碌也不可怕，只要你的心不忙就行！心不忙，事情就乱不了。"随后，他和我分享了他的经历，他向我讲述了他是如何管理团队的，又是如何一步步走过来的，如今的他又是怎么做的。

有意思的是，我注意到他在说话时，不经意间的一个动作——他用抹布擦拭了一下桌子，随后把它叠成方方正正的豆腐块放在了一旁。我这才想起他在大学毕业后当过两年义务兵，原来在部队养成的注重细节的好习惯一直保持着。他的办公桌上的各种物品一直摆放得整整齐齐，文件资料也都分门别类，整理得井然有序，就连脱下的外套也是叠好后才放到沙发上。

说起来他才是真正的大忙人。他要思考和把控公司战略性决策层面的事情，内要对接各个部门的工作事项，外要接见商业合作伙伴并与之洽谈合作事宜，出差更是不可避免。可是，在如此繁忙的工作之外，他还攻读了中山大学的MBA，并兼职了另外两家公司的企业顾问。他回到家还会帮忙做家务、带小孩。但如此忙碌的他，整个人的气场却神采飞扬，从他的脸上丝毫看不出焦虑和浮躁。

他说："有时候你觉得忙，觉得累，并非全因事情本身，也许是你焦虑的情绪把你的内心填满了。当你以一种享受的心态去做事时，你是不会觉得累的，相反你会觉得很有力量。这也就是为什么越是复杂的事情越需要冷静处理的原因。"

后来，我依然忙碌，也依然会遇到很多困难，但我学会了平心静气地处理它们，于是我负责的项目慢慢地有了起色。我放下了执念，摒弃了无谓多余的想法，这使我感受到内心的平和。于是，面对那些复杂的事情时我不再感到焦躁，反而可以冷静地思考对策。

人总要处理各种问题，不可能一直安逸地活着。与其忧心忡忡，不如滤掉这些负面情绪，拿出时间和精力把当下的事情处理好。

于丹也曾和话剧演员濮存昕聊起"忙碌"这个话题。于丹说："濮哥，我想起日程表就很崩溃。"濮存昕这样说："我下乡时，按照要求一天要插六垄秧。我抬头一看，一垄水田看不见头，心说怎么可能呢？但是慢慢地，我就找到诀窍了，插秧时不要抬头看那垄田有多长，就埋头一棵一棵地插。结果一天下来，竟然插了八垄秧。所以，只要用心顾着眼前，先别想任务有多少，八垄地也就不知不觉插完了。"

我前段时间自驾游去了一趟云南，最后一站到达了香格里拉。在高原上的小中甸镇，我认识了一位开庄园（其实是客栈，当地的藏民叫庄园）的热情女孩，名叫点点。她在这里结了婚，还生了一个可爱的宝宝。

那时正是夏天，但高原上夜晚温度很低，我们穿着厚衣服围坐在院子里的小方桌周围，吃着点点做的香气四溢的家常菜，喝着暖胃的青稞酒，疲惫慢慢消失了。

点点做好饭菜就抱着八个月的儿子坐在一旁和我们闲聊起来，原来他们都是浙江人，来香格里拉一年多了。如今，点点的脸颊上也泛起了两朵高原红，显得朴素而不失温婉。

"真好，你们一家可以常住香格里拉，真让人羡慕。"我由衷地发出感叹。

点点微笑着说："我现在挺喜欢这里的生活。可是，在这之前有一段时间我很不适应，甚至还因此患上了抑郁症。"

她说自己刚生完孩子时总是睡不好，因为孩子晚上总是哭闹，那种夜不能寐的生活让她备感煎熬。出了月子后生活更加艰难，白天她要背着孩子去市区采购食物，采购回来后要接待游客、整理客房、换洗床单；终于熬到晚上，她还要整理一下账目，可是孩子的哭闹经常让她不能静下心来。她感到自己身心俱疲，想向人倾诉也想找人分担，可是除了先生，她在这里举目无亲，没有人可以帮她，也没有人听她倾诉。更可气的是，先生也有业务在身，不能时时陪伴在她身旁。于是，繁重的家事劳动和长期得不到疏解的苦闷，让她陷入了烦躁和压抑。

她说："在我情绪异常低迷的时候，我告诉自己，不能再这样下去了，这不是我想要的，也不是我的初衷。哪一种生活不是过呢？换另一种生活就会好吗？我已经比别人幸运多了，我想来香格里拉就来了，我想在这里开一家客栈就开了，想在这里生活就真的在这里与相爱的人结婚生子了。我为什么要不快乐呢？此心安处是吾乡。再说，为了我的孩子，我更要做一个快乐的妈妈。"

于是，她渐渐地走出了内心的阴霾，不再满心抱怨，而是坦然地接纳了眼前的一切，并把这一切视为修行。她在各种劳动中静静地体味身心合一的感觉，她有时会背上儿子，和当地的藏民一起去草原上放牛牧羊，静静地欣赏朝升夕落。她以前就喜欢摄影，如今重新拿起相机记录儿子的成长，拍摄香格里拉美丽的风景，用光影留住生活的美好。由于她拍得好，在当地有了些小名气，如今还有人约她拍片。

"我当初差点被繁重的劳作压垮，现在想来，真正压得我喘不过气的是自己的心。现在的我比当时更忙，我不仅要经营客栈，还跟当地的藏民合伙做了一些小买卖，甚至还在客栈的附近租地种了一些庄稼，可我并不觉得辛苦，反而喜欢这种充实的生活！我想，当你改变了心的轨迹，你就会觉得自己身上充满了力量，而且会发现这个世界特别美好。"她的眼睛亮亮的，散发着自信。

我很赞同她说的这番话，忙是人生的常态，无论你是身在喧闹的北上广还是身处静谧的桃花源，都摆脱不了"忙"这个人生课题。如何在忙碌的世界中活得充实而自在，这极其考验一个人的心性和智慧。一味地抱怨和焦虑，只会消耗你的能量，让你失去更多。唯有心平气和地处理各项事宜，才能在这个忙碌的世界中，活得优雅而从容。

我很喜欢的作家宁远曾说自己每天要做很多事情：带孩子、写作、做衣服、画画、拍照、种花、下厨、装修房子……

有读者问她:"你每天做那么多事情,哪来的精力和时间啊?"也有读者跟她说:"每天都觉得好累,工作和家务已经压得我喘不过气了,不可能再去考虑别的事情,也挤不出时间发展爱好,或者读书写字了。"

宁远说她之所以能做那么多事情,是因为当自己感到累了的时候,会从一种状态中抽离出来,进入另一种状态。比如,写字的时间久了,起身做家务就是休息,家务做久了,坐下来读一本书也是休息。重要的是,要对当下正在做的那件事保持高度的专注。如此才不会在带孩子的时候想着工作没完成,写PPT的时候焦虑晚上家里来客人了吃什么……那种人在曹营心在汉的状态很容易把自己搞累。

宁远有一套很棒的时间管理方法,她会把每天要处理的事情记录在本子上,并且把它们划分出轻重缓急,然后逐条完成。

宁远说:"不上班不打卡的日子看起来很美,看起来是自由了,但其实更需要高度的自律。能管理好时间的人,才是最自由的人。要投入地做事,也要投入地玩耍。"唯有自律和专注的人,才懂得放下,懂得控制自己,他的内心才有余地接受更多的事情,把当下过得特别用心与诚恳。

曾看过杨澜采访星云大师的一段视频,也聊起过"忙"这个话题。他说:"忙也是一种修行。"

杨澜针对现代人忙碌的状态，进一步问道："但是像这种舟马劳顿，包括现在坐飞机、坐车等，其实对人的身体要求还是蛮高的，同时这么忙会不会让人的心情难以平静呢？"

星云大师说："人忙心不忙，我们的心要安详。心如果不忙的话，光是体力上的消耗，它休息一下就又恢复了。你像坐飞机、坐火车，正是休息的好时间，正是可以计划、思考，用心的时候，因此养身的同时也要养心。心养好了，无事不办。"

世间之事纷纷扰扰，可是我们不能被它裹挟着走。心地清净方为道，平心静气是我们与世界相处的一种方式。唯有如此，我们才能在繁忙的世间优游自适。

凌晨才下班的生活，真的是你想要的吗

文 / 凌汛

我们拼尽一切，想要离理想的人生更近一些，可是在追寻的过程中，我们是否忘了自己的本意，活成了自己最不想要的样子？

接到孙妍去世的消息时已经是凌晨了。那时连续加班一周的我依然忍着身体的不适赶着工作进度，放在桌上的手机"叮"的一声跳出一条微信提示，简单的一句话却让我大脑一片空白："孙妍去世了。"

给我发消息的是李亮，他是我大学时最好的朋友。我的朋友不多，大学时的挚友只有两个，一个是他，另一个便是孙妍。我们三个在大学时曾经无话不聊，吃饭、逛街、打游戏都在一起，毕业后也没断了联系，时不时地就会约出来小聚。我万万没有想到，只是这几天工作太忙没有联系，孙妍就发生了这样的事。

我拨打了李亮的电话，可是接通后犹豫了很久也不知该说些什

么。李亮也在那端沉默着，良久我才听到啜泣声传来，接着李亮带着哭腔说："妍妍走了，怎么办……"我也不知道怎么办，我们都流着眼泪难以接受妍妍离世的消息。

告诉李亮这个噩耗的是孙妍的父亲，老人家在电话里十分伤心地说："亮亮，妍妍没了……我做梦也没想到，我女儿居然会活活累死，早知道这样，我说什么也不让她去北京……"

孙妍的死因是过度疲劳，出事之前她已经连续一个月没有休息了，几乎每天都工作到凌晨两三点。公司的保洁员发现她的时候，她依然保持着工作的姿态，僵掉的手里还握着鼠标。

孙妍一直是一个好胜心很强的女孩，她大学时考试要争第一，才艺表演要拿第一，打游戏也要拿第一，就连打麻将都要连赢几把才肯罢休。她经常说："要么我就不做，要么我就做到最好！"

孙妍凭着一股拼劲，在大学里拿下了大大小小几十个比赛的一等奖，各种证书堆了满满的一抽屉。刚刚进入大四，她就顺利地拿到了一家业内赫赫有名的广告公司的高薪offer。那天她激动地请我和李亮在饭店吃饭，席间还向我们谈起对未来的美好憧憬，那时她的眼中闪着动人的神采。我和李亮由衷地为她感到高兴，我们俩坚信，这个好胜的女孩一定会有美好的未来和远大的前程。

毕业两年，孙妍果然不负众望，从公司的最底层员工一跃成为营销部的总监，晋升速度之快令人咋舌。

孙妍入职以来一直就兢兢业业，眼里除了工作再无其他，每天就像打了鸡血一样,有时甚至为了项目几天几夜不合眼。每次拿下大项目,孙妍都会兴高采烈地叫我和李亮出来喝酒。可是,我们发现她的气色是一天不如一天,浓重的黑眼圈连化妆都遮不住。我们曾劝她:"身体要紧,别太拼了。"可她总是一脸正色地反驳:"年轻的时候不拼,什么时候拼?现在不努力,老大徒伤悲。"我和李亮只好摇摇头不再规劝,甚至反思起自己的不思进取。

  我和李亮跟孙妍相比,总显得不思进取,可是我从来不羡慕孙妍。我一点都不喜欢她那样的生活。是的,我厌恶加班,我讨厌自己的休息时间被剥夺,我宁愿少赚些钱也不愿牺牲自己的休息时间!毕业两年,我两次换工作都是因为不堪忍受加班之苦。可是兜兜转转,我始终不能摆脱加班。每次加班到半夜,望着外面空荡荡的街道,我总觉得内心无比空虚。上学的时候,我总羡慕那些可以自己赚钱的上班族,觉得他们想买什么都可以自己买。可等到自己拿工资了,才发现原来有钱的代价就是失去自由。工资卡里的金额不断增长,我却只能看着数字发呆。花钱?我根本没那时间!

  因为辞职的事,孙妍骂过我好几次,在她看来,我简直就是"不思进取"的典型。她无法理解我对加班的厌恶,总是对我说:"阿汛,你现在要做的就是努力赚钱,等以后事业有成了,才能开始享受!年纪轻轻就怕吃苦,你和别人怎么比?"我心里不服,却也说不出反驳的话。

  孙妍去世的前几天,我还在为公司的一个大项目连续加班,每天回到家身体都跟散架了一样,往床上一躺就再也不想动。有一次睡觉前洗澡,我居然在浴室睡着了,直到热水器里的热水耗尽,冷水打到身上我才惊醒。那阵子我跟李亮抱怨,李亮安慰我:"做完这个项目拿到奖金,咱们出去旅行。"我一直记着这句话,然后打起精神强撑着,祈祷着尽快完成这个项目。

我梦想的生活,是工资不用太高,但一定要有时间做自己喜欢的事情。可是人们都在拼命向前,被裹挟的我不由自主地踏上了这条奋斗之路。努力上班好好赚钱,这是大家认可的生活方式,每天都能看到能量满满的励志标语,你怎么好意思不努力呢?

可是我越来越悲哀地发现——工作,我有了;钱,我有了;可生活,我真的没有。

公司里有位同事曾经试图自杀,她是一个看起来柔柔弱弱的女孩子,她平常很少说话,总是埋头工作。谁都想不到这么美丽的一个女孩,居然会萌生用安眠药来结束自己生命的想法!幸亏她的室友及时发现把她送到医院,这才保住了性命。

她的自杀并不是没有丝毫征兆,只是大家太过忙碌没有注意罢了!我记得在她自杀之前,我们曾在办公室里一起谈论过未来,那时她淡淡地说:"我看不到未来,我没有一点时间做自己喜欢的事情,每天的生活就是工作。我没有时间谈恋爱,甚至连做一顿饭都那么奢侈。"如此想来,她那时就厌烦这忙碌而无趣的生活了。

我又辞职了。

在上司通知年底大项目来临，未来两个月所有休息取消后，在北京的雾霾压得人喘不过气的时候，我选择了离开。

我放弃了一份在别人看来高薪又体面的工作，可是我心里一点都不觉得遗憾。因为这个时候我才终于明白，我要的不是很多很多钱，不是凌晨才能到家的工作，不是连蓝天都看不到的北京，我要的只是能够有时间做一顿饭，能够有时间陪爱的人，能够有时间可供"浪费"的生活。

凌晨才下班的生活，不是我想要的。只有一次的人生，不该被困在几平方米的格子间里。

二十出头的你，到底该不该去大城市

文 / 陈大力

《北京每天有2000万人在假装生活》的文章在网上引起热烈讨论时，我刚睡醒。起身热了杯牛奶，我准备用它搭配昨晚在超市买的奶酪面包。

我如今身处成都，这座城市的生活节奏较为缓慢，我可以每天慢条斯理地享用早餐。

前年在上海实习的时候，我从不敢如此悠闲地享用早餐，那时我一起床就直奔地铁站里的Family Mart买早餐。那家店的店员把速食三明治和紫薯包放进微波炉，为它们加热的时间连一分钟都用不了，可是我还是会焦急地伸长脖子，并不停地看时间。

如果说上海是个声色十足的club street，那么成都就是个留在游子心里的温柔乡。

成都街头的空气里飘着火锅的香气，人们下班后在小饭店里悠闲地吃着火锅聊着天，夕阳的余晖洒在窗前照亮了人们的一张张笑脸。

有人曾说，你年轻时定居的城市会影响你今后如何度过一天、一月、一年，更重要的是，它会影响你的性格，悄然改写你的命运走向。

一些文章习惯把城市简单地划归为"发达"与"不发达"，并认为发达的城市适合奋斗，不发达的城市适合养老。

我认为这样的界定太武断了，一个城市对一个人的影响，还应该包括这个城市的价值观念、处事风格、居民素质、生活氛围，远远不只是GDP这么简单。

在我看来，选择一个城市来定居，必须着重考虑生存成本、发展机会和生活理念这三个方面。

首先，我们来谈一下生存成本。

一个城市的生存成本，包括硬成本和软成本两个方面。物价、房价等属于硬成本，而心理适宜度属于软成本。

今早引起人们热议的文章《北京每天有2000万人在假装生活》，讲的就是生存的软成本。

作者通篇都在抱怨北京人情冷漠生活艰难，不过，我认为既然选择了大城市生活，就应该接受它快节奏的生活方式，而快节奏生活方式下，自然会衍生出"人际疏离"的问题。北京不是生活节奏缓慢的小城市，人们没有那么多时间用来走街串巷，也没有那么多时间关心别人的私生活。北京如果生活节奏慢下来，它就不可能成为那个容纳无数新兴职业,支撑了一批又一批青年才俊们梦想的城市。

发展相对成熟的城市,生存成本一定会比较高。

随着众人闯进北上广,然后又抱怨它人情冷漠,是很幼稚的行为——人生没有两全选项,得到了A面,一定会失去B面,所以我们在选择城市生活时,务必要考虑清楚,你能否承受这座城市的生存成本。

没人强迫我们去大城市生活,是否要去大城市定居取决于我们自己。愿意承受较高的生存成本,不畏惧人情冷漠,向往大都市繁华的生活,我们就去大城市追梦。否则,我们完全可以选择小城市来定居。

接下来,我们说说发展机会。

城市的发达程度直接影响着我们的发展机会。

就拿新闻专业的毕业生来说,在上海可以去报社、广播电台、电视台或者广告公司任职,公关公司、新媒体工作室或者其他相关行业也可以。可是,如果在小城市,或许只能从报社、广播电台和电视台中选一个。

如果对自己的职业生涯没有太大的期待,觉得自己"不会饿死"就行,那么选小城市就好,过于精进的大城市对你来说没必要;如果渴望实现自己的梦想,向往大都市的繁华生活,那就来大城市追梦,因为这里会向我们提供更多的发展机会。

发展机会怎么考量呢？这需要结合我们毕业的院校与所学的专业，或者需要结合想从事的行业在这所城市的发展趋势。

比如，北京的媒体环境非常好，想在媒体方面有所成就的朋友不妨选择北京来发展。如何去定夺一个行业在某一城市的发展情况，需要我们反复揣摩和掂量，最好尝试在那所城市生活一段时间。

选对了适合自己发展的城市，就如乘风而上，这会助我们取得更高的成就。

最后，我们再谈一下生活理念。

一个城市的生活理念是否适合自己，对于我们能否在这个城市幸福地生活下去也很重要。

我曾在上海和成都生活过很长时间，感到这两个城市的生活理念存在着很大差别。

有人说，上海街头80％的人脸上都裹着物欲。这话不假，上海人生活节奏快，一分一秒都要用来赚钱。这里的座右铭是：贫穷是魔鬼，别被它盯上。

成都人的生活理念呢？成都人非常安然自得，赚到些钱就会开心地去吃肉喝酒。这里的人不会鞭挞自己赶忙奔去金字塔尖，而是一有空闲就安心地享受生活。

上海和成都生活理念有着很大不同，如今我已适应了成都这种较为缓慢的生活节奏，并打算在此定居。

很多人可能会问，我们年轻的时候，到底要不要去大城市呢？我的答案只有四个字：看你自己。

我希望大家在二十多岁时可以理性地选择适宜自己的城市生活，不要一边享受着大城市的便利，一边埋怨大城市人情冷漠，或者一边享受着小城市的安逸，一边嫌弃小城市过于封闭。

为梦而生

文 / 卢庚戌

女士们先生们：

晚上好，我是卢庚戌，很高兴来到这里和大家分享我指导的电影《怒放》。

这部电影讲述了中国"70后"大学生用音乐追求爱情和梦想的故事。在这部电影里你可以看到我的影子，所以我的演讲题目是《为梦而生》。

每个人都有梦想，但不是每个人都能实现梦想。我是幸运的，因为我的三个梦想都实现了。

我的第一个梦想是在中国最好的大学读书，后来我考上了清华大学。毕业后，我想成为一个歌手，于是有了第二个梦想——音乐梦。第三个梦想就是电影梦。

当然，每个梦想都不容易实现，尤其是第二个梦想。

现在，我有时依然在想：连我这种没有任何唱歌天赋的人都能成为著名歌手，还有谁不能成功呢？好吧，我来讲讲我的音乐之路。

1989年，我考上了清华大学的建筑系。大部分清华学生在大学时都想好好读书，但我最想做的事却是谈恋爱。

但是在清华，男生找一个女朋友是一件很困难的事。因为当时的男女比例是6∶1，这意味着一个女生有六个人追，而且还不要看她的长相。

怎么办呢？我发现当时校园歌手很受女生欢迎，他们个个都有女朋友，还长得都不错。于是，我决定当一名校园歌手。

我买了一把吉他，然后天天抱着吉他练，早上起床开始弹，中午吃完饭还在弹，别人下了晚自习我仍在弹。你们知道，我的嗓子天生不好，到最后，舍友受不了了，把我和吉他一起赶了出去。

我的最大优点是执着，换个地方继续练！水房你们知道吗？回音效果非常好！我很清楚地记得当时有个学生拍了拍我，然后用缓慢的语气对我说"别人唱歌要钱，你唱歌要命啊！"最后有人冲我扔啤酒瓶子，我赶紧跑掉了。

尽管如此，我仍然非常执着地练习，不过这次换到了草坪上。就这样，大一的一整年就在练吉他中度过了。升到大学二年级，赶上了"校园歌手大赛"，于是我义无反顾地报了名！结果当然是惨痛的，人家说我唱得太难听，连决赛都没让我进。

不过，我最大的优点是什么？

执着！

到了大三，找了一名朋友给我当主唱，我呢？负责和声。于是，我们一路过关斩将，获得了当年大赛的第二名。到了下一年，我又找了两名学生，一名主唱一名和声，我呢？我只弹吉他伴奏。结果呢？我们获得了当年大赛的冠军。我们组合的主唱叫魏晨阳。

就这样，我在大学走上了音乐这条路，也度过了一段灿烂的青春时光。

大学毕业那年，我做了一个决定，要做一个歌手。没想到，这个决定遭到了父母的坚决反对，我父亲甚至要和我断绝父子关系！我却信心满满地对他们说："给我一年时间，我就能火。"

但是，我想错了。从1994年到2000年，我把自己创作的歌寄给了所有的唱片公司，但都渺无音讯。有一次接到一个唱片公司的电话，我兴奋地骑着自行车去了，可是他们只想买我的一首歌，并没有要签我做歌手的意思。

时间一年一年地过去，看着同学们出国的出国，立业的立业，我却放弃唾手可得的建筑专业的大好前途住着破旧的小平房，有时还要忍饥挨饿。大家都问："你图什么，是不是神经出了问题？"

一次偶然的机会，我认识了一个有名的制作人——陈老师。那时他刚在北京开了一个唱片公司，是唯一一个还没听过我唱歌的人。他听了我的歌曲之后给予了很高的评价，我以为这次有希望了。

没想到见面以后，陈老师说："你唱功不行，嗓子也不行，老天没有给你这碗饭。"我当时脑袋"嗡"的一下，我不甘心啊！我问:"那我真的一点希望都没有了吗?"他说,以他四十多年的人生经历来看,没戏。临走的时候,我对他说:"我回去练练,练成了我再来找您。"他说,活了四十年,从没见过我这么倔的人。

是坚持,还是放弃?

那时我已经二十七岁了。我的那些朋友,老狼、郑钧、高晓松,他们二十七岁时都已经火了。我的年龄实在有些大了。但是我又想,一个人一生又有几次能为自己喜爱的事业奋不顾身呢?

于是,我选择了继续坚持。

我找了一个声乐老师,进行了一种残酷的声音训练法,这种声乐教学叫咽音。简单地说,就是模仿各种动物的叫声。于是,每天黄昏我都学狗叫。刚开始功力不行,只有我自己叫,半年以后全村的狗都跟着一起叫。

两年以后,我跟家里借了些钱,打算自费出一张唱片。当时我跟我妈说:"我努力这最后一次,如果做不好,我也就死心了。如果我不做,一辈子也不会安心。"于是,我拿着这些钱录了我人生中的第一张专辑,迈出了我音乐梦的第一步。2001年我的歌曲《一生有你》得到了大家的认可,我真正成了中国乐坛一名有影响力的歌手。

这是关于我音乐梦想的故事。我想把电影里的一句话送给大家:人的一生中至少有两次奋不顾身。一次为爱情,一次为梦想。

谢谢大家。

PART 4

你不爱我时,我也那么闪耀

那些没有结果的爱情

文 / 周宏翔

阿东是大家眼中的花花公子，只要去他家喝茶，总能看见不同的女生来找他，而且这些女生个个体态婀娜，面容姣好。

阿东温柔体贴而且多金英俊，这样的优质男人自然会吸引女人，有这么多莺莺燕燕也不足为奇。

雀子曾对我说："你要是下辈子投胎做了女人，你也会拜倒在阿东的大长腿下！"

小鹿却不以为然，她想为什么女人就得爱阿东那样的人？她实在看不惯阿东那些女友坐一起吃饭时，因阿东为谁夹菜为谁盛汤这样的事情争风吃醋的样子。如今国家不实行一夫多妻制，他就来个一男三女友，劈腿劈得如此光明正大，也真是有伤风化！

男生都羡慕阿东左拥右抱的样子，也佩服阿东周旋于不同女人之间的能力。阿东的许多朋友都喜欢去他家吃饭，因为感觉在阿东家吃一顿饭就像是看了一场后官大戏。

可是，阿东突然间就闭门谢客了，据说他失恋了。雀子说她才不会相信，阿东这样的人生赢家怎么会失恋，无非是他想来个伤春悲秋，体验一把孤独罢了！朋友小鹿很快就收到了阿东的信息，说是他吃不下饭，被送到医院了。于是，小鹿下班后搭了十几站公交又换了三趟地铁，来到了阿东所在的高级医院。阿东嫌小鹿来慢了，说道："天都黑了，晚饭时间都过了，坐什么地铁，直接打车过来啊，我来报销车费！"他说完就用手机给小鹿转了五百元红包，让小鹿每天下班都过来看他一趟。

这样的好事瞬间传得人尽皆知，大家都争相去看望阿东，阿东就给每个前来看望自己的人都发了五百元红包。于是，大家下班后不再去酒吧、饭局、KTV，反而通通奔向阿东所在的医院。别人去医院都是眉色凝重，唯独这群去看阿东的人个个神采飞扬，出租车司机看到他们差点以为这医院改行做娱乐事业了。

医院变热闹了，投诉就多了，阿东被迫转去了高级病房，还让搬家公司给他搬去了桌椅板凳和花花草草，然后每天坐在病房里思考人生。雀子说阿东有些反常，又是广撒钱财又是清心寡欲，难不成得了什么绝症，想在临终前做些好事，所以善待我们这帮兄弟？小鹿让雀子不要胡说，可是也隐隐有些担心，于是往阿东那儿跑得更勤了。当阿东坐在病房的飘窗前闭目养神时，小鹿学着电视里那样用手指去试探他的鼻息：好在都有气。

有一天，阿东突然问小鹿："爱一个人到底是什么感觉？"

小鹿说："应该就是天天都想和他在一起吧。"

阿东说："在一起就是爱吗？"

小鹿想想之前和阿东在一起的那群女人，又有些犹豫，不知道该怎么回答。

阿东仰起头，突然大哭起来。

小鹿吓到了，急忙问阿东怎么了。

阿东说："我每天都想那么多人和我在一起，因为我喜欢热闹。可是，我的心脏太小，承受不了爱那么多人，于是哭一哭，释放点内存。"

小鹿一气之下冲着阿东的胸膛打了一拳，这一拳有点重，阿东痛晕了过去。

阿东醒来的时候，小鹿的脸颊上还残留着泪痕。阿东说："你哭啥啊？"

小鹿说："我怕我红包里剩的三百元还没花完你就没了，想着又不敢用它来买别的，因为我怕万一我买了别的，你变成厉鬼来找我可怎么办。"

阿东说："想什么呢？我人那么好，怎么会下地狱做厉鬼？我就算死了也是上天堂做天使，还是保护你们的那一种！"

阿东到底得了什么病，始终没有人知道。小鹿说，应该不是绝症，不然他怎么活得那么开心。于是，大家放下心来，依然时不时地到阿东的病房里蹭吃蹭喝。

雀子说："不对啊！要是阿东没病，为什么一直不出院，偏要待在那么晦气的地方。如果不是得了绝症，他怎么会性情大变，一下子抛弃了小红小绿，宝钗黛玉？"

雀子的话又让大家陷入了沉思。

最后还是小鹿说，直接去问阿东不就知道了吗？

没想到，阿东给出的答案让人大跌眼镜！

阿东说，他喜欢的一个姑娘（以他的口气听来是真喜欢）告诉他，塔罗牌预示他近期有灾难，不宜出门，不宜近女色。于是，他总担心自己发生意外，在家里也寝食难安，想来想去还是觉得住在医院最安全，因为在这里即使发生意外，也能立马医治。

可是，阿东在医院住久了也会无聊，他很想出去，但遗憾的是，他忘了问那个姑娘警戒什么时候解除。更糟糕的是，他联系不上那个姑娘了，电话拨了三遍都是空号。阿东试着联系那个姑娘的闺蜜，可她的闺蜜们也联系不上了！最后，他终于联系上了一个女孩，可谁知这个女孩吞吞吐吐地对他说，你别打电话来了！接着，就"啪"地挂断了电话。

阿东把姑娘们弄丢了，以前争先恐后要进驻阿东家里的那群姑娘，如今都像歌里唱的那样散落在天涯了。

雀子抽了口烟，然后对小鹿说："那个玩塔罗牌的姑娘得不到阿东，就干脆使了一招釜底抽薪，彻底毁了他！她先对阿东说他最近有灾有难，把阿东吓得住进医院。阿东几周待在医院里不出来，她就对阿东的女朋友们说阿东得了艾滋。于是，她得不到阿东，别人也甭想得到，阿东喜欢的这个女人好恶毒啊！"

小鹿越想越觉得阿东可怜，于是又去医院看望阿东，她到医院的时候，阿东刚刚检查完身体。小鹿问阿东何时出院，阿东说过两天就出。接着，阿东说想去打篮球，小鹿便陪他去篮球场。此时，微风阵阵阳光明媚，小鹿不由得想起了多年以前那个美好的午后。

多年以前的那个午后和现在一样美，阿东正在操场上打篮球，小鹿就在楼上痴痴地偷看。那时候，他们二人身处不同的班级，阿东所在班级的体育课比小鹿的班级早一些。不过，小鹿班级的窗户正对着篮球场，而阿东喜欢在那里打篮球，于是小鹿经常透过教室的窗户偷偷地看他。小鹿从那时开始就喜欢他，不是因为他长得帅，也不是因为他有钱，更不是因为他成绩好，她只是单纯地对阿东一见钟情！

时光匆匆，一转眼多年过去了。阿东依然保持着一手插兜，一手运球的动作，小鹿依然站在一边痴痴地看，他们二人似乎回到了多年以前。只是，当年那些为他加油呐喊的短裙少女，此刻换成了一堆穿着条纹病服的老汉。

他们一定在看着阿东，回忆年轻时的自己。

没想到阿东拍着拍着，忽然感到头重脚轻，接着三步上篮，球进了，人也倒了！

医生怒气冲冲地质问："谁准许阿东去打球的？"

小鹿低着头站在一旁，恐惧得说不出话来。

心跳图一波一波跳个不停，小鹿的心也是。

小鹿哭着问雀子："你不是说阿东生病是骗人的吗？"

"我没说啊，是阿东自己说的。"雀子回道。

小鹿说："那你不是说，那是小丽和小娟骗他的吗？"

"我没说啊，是阿东自己说的。"雀子依然这样回道。

小鹿哭成了泪人，眼泪一滴滴落在了阿东的脸上。

阿东睁眼就看见了小鹿醒目的黑眼圈，于是虚弱地问："你就这样守着我？为什么不去上班？"

小鹿嘟嘴对阿东说："你什么时候好，我什么时候去上班。"

"好啊，你每天赚多少钱，我发个红包给你。"阿东说道。

小鹿酸着鼻子看着阿东，想起好多年前的某个下午，阿东在教室门口塞给小鹿二十元钱，说："谢谢你帮我写的那封情书，字好看，额外奖励你的。"

小鹿苦涩地笑了笑，原来，自己还是没有机会啊，不管怎么努力也改变不了他只把自己当哥们儿的事实。

多想晚点遇见你

文 / 居经纬

遇见张莹莹的时候,我还是个六根未净的孩子。

准确来说是张莹莹太高估我了,她以为我是个很有担当的男子汉,但是令她失望了,我显然不是。

那时候的我一心在"追逐"我所谓的梦想:每天熬夜到凌晨三点,第二天中午才勉强起床,然后在刷牙前点个外卖,在等待外卖的间隙打盘LOL,一点时间都不浪费。

张莹莹出现的时候,我有点始料未及。

那天下午我像往常一样去外面拍片——是的,我对摄影有着近乎狂热的痴迷,大学期间翘了很多课只为了拍到香山的落叶、钓鱼台的银杏道或者玉渊潭公园的樱花。

当然我还会约一些好看的姑娘当模特,然后顺势与这些好看的姑娘展开一段浪漫的爱情。众所周知,艺术有着强大的魅力,镜头里的那些漂亮姑娘很难拒绝一个才貌双全的摄影师。

那些对我爱得刻骨铭心的姑娘也好,那些对我逢场作戏的女生也罢,大多始于做我的摄影模特。

张莹莹是个例外。我与张莹莹是在马路上认识的。

这里要交代一下,除了对摄影痴迷之外,我还喜欢民谣。李志、尧十三、宋冬野、陈粒等人的歌曲我都喜欢。我觉得所有的乐种,只有民谣配得上我的气质——忧郁深情但无用的气质。

在遇见张莹莹之前,我不知道世间还有这样美好的女子,美好得就如天上的一朵白云。

如今想来,我依然佩服自己的厚脸皮。

我们的对话发生在熙熙攘攘的街边,着实有点不应景。流浪歌手拿着吉他在我们身旁唱着一首民谣歌曲,不过很少有行人会驻足聆听,倒不是歌手唱得难听,只是有此闲情逸致的人很少,我跟仙女是两个例外。

民谣快要唱完的时候,我鼓起勇气问她:"同学你好,你知道这首歌叫什么名字吗?"

"《喜欢》。"

"啊?"

"张悬的《喜欢》呀。"

"什么悬?"

"张悬!"

"我的意思是'玄妙'的'玄',还是'旋转'的'旋'?"

"哦,都不是,是'悬崖'的'悬'。"

其实我知道张悬,也知道《喜欢》,但我实在想不出更好的搭讪方式。

然后我很有礼貌地跟她说了声"谢谢"。

神奇的事情发生了,我竟鬼使神差地加了一句:"我以前没见过天使,天使都是你这样的吗?"

"不是,我不是天使,我是仙女!"她骄傲地回了一句。

"那仙女下凡居然就刚好被我撞见了,我好荣幸!"

"是的,你这是攒了多少年的人品呀!"

"那仙女你打算告诉我,你叫什么名字吗?还有你在七姐妹中排名第几?"

"我告诉你的话会触犯天条的,你还想知道吗?"

"我不知道我应不应该知道。"

张莹莹最终没有把她的名字告诉我,就消失在了人群中。

"真爱会让两个人再次相遇,不是吗?"两天之后,我在五道口再次遇见了张莹莹,于是我想也没想就说出了这句话。

"好巧。"她说。

"既然这么巧了,为什么不一起吃个饭呢?"我说。

"那你先告诉我,你们男生是不是都喜欢到处拈花惹草?"

这句话着实击中了我的心,不过我不想承认自己就属于这类男生。

我连忙解释:"仙女,你不能把我对你的特殊行为,推断为我见到漂亮女生的普遍行为,这不公平!要知道,我可不是一个每天都向别人打听歌名的人。"

一秒之后,她的迟疑让我怀疑自己又自以为是了。

她短暂的迟疑之后,说:"好呀,吃什么呢?"

那晚吃的什么,我已经记不清了,可能是年糕火锅,也可能是水晶烤肉,反正没走几步就到了饭店。

我们吃饭的时候没有过多的交谈,我只得到了一个有用消息,或者说知道了也没啥用的消息——她叫张莹莹,我觉得还不如"仙女"叫起来顺口呢!

后来,我才明白了张莹莹那一秒的迟疑。但是明白的时候已经迟了,或者说明白的时候时机已经不对了。

张莹莹跟她那个劈腿的男友复合了!据说她男友跟前女友纠缠不清,于是张莹莹一怒之下提出了分手,但是招架不住他的软磨硬泡,于是两人分手一周后又复合了。

真没骨气!

她跟我讲这件事的时候,我废了九牛二虎之力才忍住了骂她的冲动。我真的很想摇着她的肩膀,告诉她这样一个道理:男人可以多情,但不能花心。

多情跟花心是有本质区别的,多情起码还会付出感情,但花心就是赤裸裸地玩弄女孩的感情!

你可以在每段感情中都付出真心，但绝不允许你在一段感情中三心二意！

我不知道张莹莹是不明白这个道理，还是她真的很爱那个男生——爱情有时候真的太伟大，伟大到"你觉得恨却离不开"。

就像我一样，从那一刻开始，我突然觉得张莹莹需要一个人来帮她收拾烂摊子，或许三个月之后，或许半年之后，或许一年之后，张莹莹会重蹈覆辙。败军之际的她需要一个及时伸出援手的我。

我就这样莫名其妙而又奋不顾身地喜欢上了她。

一个月后，从张莹莹的朋友圈来看，她俩很好，我没有可乘之机。

我跟一家杂志社有长期合作，负责跟我对接的杂志编辑是一个涉世未深的丫头，名叫陈敬乔。这个丫头每天都会找我聊天，并且都是以"亲，起床了吗？"来开头。

她知道我起床比较晚，所以每次都是在十点以后找我，但是那个时候我在忙着玩游戏，哪有闲情逸致理她，况且她总是无事不登三宝殿，每一个"亲"都预告着接下来我要忙一阵子。

"昨天发给我的那个图能再修下吗，主编说亮度不够啊。"

"你还有人物图吗，能不能后天前发我？"

"亲"之后往往伴随着这些话，可是我最多晾她半个小时，回头还是要回一句："敬乔姐，刚睡醒，不好意思才回你。我弄完第一时间发你哈。"

因为一时半会儿找不到模特,而杂志社又要得比较急,我只能求助张莹莹。

张莹莹很好说话,完全配得上"仙女"这个称号。我俩约了个地点,拍了几组照片就各回各校了。

我本想请她吃个饭以示感谢,但她莞尔一笑:"男朋友在学校等我呢!这样吧,你如果不介意,我们可以一起吃顿饭。"

我赶忙拒绝了:"我怕生,还是算了吧。不打扰你们约会了,我回去修图去了,明天杂志社需要。"

张莹莹夸了我一句:"没想到你还是杂志摄影师呀,不简单。有时间帮我跟男朋友拍些照片呗,请你吃饭!"

"不拍,刚说的不要吃饭!!!"

照片传给陈敬乔的时候,陈敬乔的反应着实让我惊讶。

"路凡,照片上这个人你认识?"

"恩,不熟,朋友介绍的。怎么了?"我撒了个小谎。

"没怎么,我俩一个学校的。"

"哇哦,这么巧!"

从那刻起,我对陈敬乔的态度有所好转,虽然我不清楚她跟张莹莹的关系,但是我认为起码能从她口中得到一些自己不知道的信息。

事实证明我的做法果真明智,陈敬乔告诉我张莹莹的男朋友叫叶倾城，是个地道的北京人，不仅英俊潇洒还特别有才！

我反问他有什么才，陈敬乔说他唱歌超好听。

"你是跟张莹莹很熟，还是跟她男朋友很熟呀？"我问她。

陈敬乔过了一会儿才回："我们认识而已，以前在学生会一起呆过。"

我没再继续询问下去。

张莹莹的朋友圈很久没有更新，我便无从了解她的现状。

以往的时候，我会翻翻她的朋友圈看她每天干了什么，有时也会抖个机灵给她评论一两句，她也会很开心地回复我。

那天她突然问我："路凡，你能帮我一个忙吗？"

"什么忙？"我看到后想都没想就给她发了过去了。

"就是上次跟你说的，帮我跟男朋友拍些照片呀。"

我很不情愿地答应了。

她的男朋友没我想象中的那么倾城，也没有我想象中的风流。这愈发让我纳闷，张莹莹到底看上他什么了。难道仅仅是因为他唱歌好听吗？如果真是这样，我这辈子注定要输给叶倾城了。五音不全的我，这点自知之明还是有的。

拍照的地点就选在他们的学校，除了由来已久的不爽外，整个拍摄过程还是很愉快的。

张莹莹似乎照顾了我的感受，没有跟叶倾城做出过分亲昵的举动。

中途休息的时候，我突然问他们俩："你们认识陈敬乔吗？"

叶倾城听了这句话立马神色大变，他转身质问张莹莹："你们今天是合伙来看我笑话的吗？"

我一脸无辜地看着张莹莹，张莹莹也一脸疑惑地看着我。

叶倾城说完这句话就气呼呼地走了，留下我跟张莹莹在那里大眼瞪小眼。

"陈敬乔是他前女友！"张莹莹解开了我的疑虑，"可是，你为什么认识她？"

"她在跟我合作的杂志社实习，负责跟我对接。"

"可你男朋友为什么那么生气呢？"

"昨天陈敬乔生病打电话给他，我没让他去。"

"你这男朋友真是体贴呀，对前女友都这么好。"

我说完这句话就后悔了，可是已经晚了——张莹莹的脸色变得十分难看，于是我识相地闭了嘴。

随后，我跟张莹莹要来叶倾城的手机号，然后把事情的来龙去脉给他讲了一遍，我不希望张莹莹因为我而受到一丁点委屈。

至于他们俩后来的事情，我就无从得知了。

张莹莹还是跟叶倾城分手了，这次依然是张莹莹主动提出的。

她总算是开窍了，我心想。

他们分手后的第三天，我跟张莹莹一起吃了顿饭，然后史无前例地看了场电影。

电影很无聊，讲的是真爱必然重逢的故事。

我笑着问张莹莹："你现在还相信真爱会重逢吗？"

"我相信真爱会在重逢的路上发生事故！"

"不不，然后跟碰瓷的谈恋爱了是嘛？"

"凡人不要打仙女的主意了。"

那天还发生了另外一件神奇的事——陈敬乔发微信告诉我张莹莹失恋了，让我抓住这个机会。

想必她还不清楚我早已知晓了他们三人的关系，我索性顺着她的口吻问道："你怎么知道的呀？"

"她男朋友最近跟他之前的那个女友复合了，这叫真爱必然重逢！"

"真爱重逢？你跟他配谈真爱吗？究竟是谁给你们的勇气！"

我帮张莹莹出了口恶气，陈敬乔也拿我没办法，一个实习生是左右不了一个常驻摄影师的发展的，不过从那之后，杂志社那边跟我交接的人就换成了一个喜欢用语音的阿姨，也可能是个姐姐。

哦，这都不重要，重要的是我最后还是让这位仙女动了凡心。

但那是半年之后的事了。

张莹莹可能真的不喜欢我，我不想自欺欺人了。

那天看完电影之后，我想送张莹莹回学校，但她没有同意。她眨了眨大大的眼睛，对我说："本仙女要回月宫了，有空再来人间找你玩。"

那个时候我真想变成"玉兔"或者"桂树"什么的，常伴她的左右；再不济变成"吴刚"或者"猪八戒"也行，起码还可远远地偷看她一眼。

很遗憾我什么也不是，我只好跟她挥了挥手，无奈地目送她转身离开。

我们从那以后很少在微信上说话，也从来不打电话，陌生得好像从来没有认识过一样。

虽然我很难过，但并没有因此影响我的生活，我依然每天玩游戏睡懒觉，还忙里偷闲地参加了学校的摄影比赛，并幸运地拿到了一等奖。很多的人通过这次比赛认识了我，于是我一下子接到了很多约拍。

约拍的人大致有三种：一种是觉得自己美，就想拍照留住这份美的；一种是觉得自己不够美，但想要拍出美丽的照片的；还有一种是借助拍照来撩摄影师的。

不管约拍的人怀着哪种目的来找我拍照，我都来者不拒，并在拍照的过程中向他们讲述我跟仙女的故事。我这个人其实并不是很爱和陌生人说话，但这件事让我有点不知所措，我很想从别人那里得到一些建议。

他们倒是很喜欢听我诉说，偶尔也会有人给出几条建议，不过给出的建议并没有多少参考价值。有个女孩听完我的故事后，说了一句话吓得我差点扔掉手中的单反相机——"你做我男朋友吧！"那女孩一脸真诚地提议。

"得了吧，不要这么安慰我！站着别动，就这个角度刚刚好！"我稳了稳心神，赶紧转移了话题。

爱情在很多情况下是需要信念来支撑的，毕竟像爱情这种伪命题是不值得推敲的。它再怎么被歌颂和赞美，那些称赞它的人也未必是它的虔诚信徒。

我很想知道那个时候的张莹莹是不是还在偷偷地想念叶倾城，即便他俩真的已经分手了。那天我静静地坐在房间，一遍又一遍地放着那首《喜欢》，也一遍又一遍地想着自己喜欢的那个名叫张莹莹的女孩。

我还是招架不住那个女孩的猛烈攻势举手投降了，于是我突然间有了个女朋友，这着实让我有点手忙脚乱。

我的女朋友叫范湉湉，说来也巧，她俩的名字都是叠词，还都是二声。

范湉湉是我的学妹，她不仅对我千依百顺，还特别依赖和崇拜我，有时候我随口说出的话在她听来都觉得特别动人。譬如有一天我对她说："我今天要外出拍片，你在学校好好上课好好吃饭，不要等我。"她在电话那头说："路凡，你真好，我等你回来。"

我哪里好啦？我什么都没做呀！不要把我报备行程的话都当成情话好不好？我在心里犯嘀咕，但没有说出来。

倘若有人问我，路凡，你爱范湉湉吗？

我答不上来。

我总觉得当内心深处住着一个人的时候,再谈爱就显得不真诚。

其实,我不讨厌范湉湉,更不想伤害她,可就是不敢坦诚地面对她。每当她深情款款地看着我时,我都下意识地选择逃避,因为我怕自己忍不住告诉她,我依然放不下张莹莹。

我们交往两个礼拜之后,我第一次拥抱了范湉湉。那天晚上她站在路灯下,对我说:"路凡,我知道你心里在想什么,可是你这样一味地逃避对谁都不好。你不打开你的心门,她出不来,我也进不去,你觉得这样对谁好?"

在三秒的沉寂后,我一把将她拉入怀中。

没有说对不起,甚至没有说任何话。

陈敬乔破天荒地给我发来微信:"路凡,你丫的,我这人不记仇啊,你上次骂我那事就算了,这次你得把握好了。张莹莹周五要去哈尔滨玩,你要不要跟着一起去?"

真是猝不及防,我刚答应范湉湉周末要陪她去王府井逛街。我只好跟陈敬乔说,谢谢你大人不计小人过,还给我提供这么有用的信息。

我上网查了去哈尔滨的机票,幸好机票还不少而且价钱并不贵,这周我也没有拍摄任务,可是怎么跟范湉湉说呢?

正在我苦恼之际,范湉湉在微信里呼唤我:"要不要陪我去喝嘉和一品粥?"

"好呀,我去楼下等你。"我说。

从学校到嘉和一品需要穿过一个红绿灯。我们到达路口的时候,红灯亮着。

范湉湉说:"和喜欢的人一起等红灯也是件不错的事呢!"

我说:"一起喝粥也是呀!"

她忽然亲吻了一下我的脸颊。

周围的路人盯着我们看,我有点不好意思地看了下四周,然后凑到她耳边说:"别闹了啊,人家都看我们呢。"

喝粥的时候,我问范湉湉:"是这个周末去王府井吗?"

她说:"是呀,我好久没买衣服了,你该不会害怕陪女生逛街吧?"

我说:"这倒没有,我怕我周六临时接到拍片任务。"

"哦,这样啊!没事,你如果那天有事,我就让舍友陪我去,买完我给你打电话一起吃晚餐。"

我很想告诉她,我想去趟哈尔滨。"路凡,你有这种想法就是一个浑蛋!"我自己都在鄙视自己。

"湉湉,公司可能最近会让我去哈尔滨取景,不过时间还没定,可能就这一两天。"

"好呀好呀,帮我带好吃的回来!"

我没有去哈尔滨,也没有跟范湉湉去王府井。

我跟范湉湉分手了。思来想去,我不忍心继续欺骗和伤害她,于是选择了老实交代，结束了这段本不该开始的恋情。

范湉湉问我："你真的一点也没有喜欢过我吗？"

我说："喜欢过，但是我怕只有那么点喜欢是不够的。"

"路凡，我真的好希望自己晚点再与你相遇啊，等你对她彻底死心时我再追求你，那时你就会发现我究竟有多好！可是，好可惜！遇见你太早，喜欢你太早，然后就控制不住自己去追求你，结果……"范湉湉红着眼睛说道。

"范湉湉，你听我说，我知道自己是个浑蛋，你没有必要为了我的过失而伤心难过。我跟你分手，只是因为我不能一边跟你谈恋爱，还一边喜欢着另一个人！你是个好女孩，你值得一个对你一心一意的男孩，跟这样的我在一起对你太不公平。对不起！"

"对不起"这三个字在这种情况下说出来挺伤人的，我很想把那三个字咽回去，但已经来不及了。

范湉湉眼中的泪水再也控制不住，她哭着离开了。

当时的我根本没有想到在今后的某一天，这样的情节会在我和仙女张莹莹身上再次上演，而那次我成了接受"对不起"的一方。更可悲的是，身为男人的我还不能像范湉湉那样哭着离开。

跟范湉湉分手三个月的时候，我终于跟张莹莹见面了，距上次见面已经过去了将近半年的时间。

我问她："这半年，你就一点也不想我？"

她笑道："不是不想你，只是你太高冷了，哪有女生主动约男生见面的？"

"仙女这次下凡，打算待多久？"我笑着问道。

"你想让我待多久呢？不过，我得试试人间的饮食我能不能习惯。"张莹莹说完，还狡黠地看了我一眼。

这一眼下去，我的心漏跳了两拍，不禁脱口而出："你得先和凡人接吻，不然吃饭的时候唾液过敏怎么办！"

我这句轻薄的言语并没有惹怒她，她反而笑道："凡人都像你这么油嘴滑舌吗？"

"并不是啦，我只是看见仙女才这么才华横溢！"

这段对话挺愉快的，我一度认为张莹莹吃错了药才让我有了可乘之机。

"仙女你可不可以触犯一下天条？"我趁她不注意，将她的小手放在了自己的手心。

"啊，凡人的手居然这么舒服！"她说话的声音真可爱。

神仙跟凡人终究不能长久在一起，我跟张莹莹的恋情没有撑到六个月，确切地说距离六个月还差三天。

关于这不到六个月的恋爱时光是怎么度过的，我不想细说，总之仙女在人间谈恋爱也要遵循凡人的规则。那段时光很美好，美好得就像天上的一朵白云。

是的，恋情如一朵白云般美好，也如白云般缥缈。

分手的时候，我不能免俗地问她："你爱过我吗？"

她说:"我不知道。"

不知道,在一起半年居然不知道爱没爱过我……我不禁苦笑一声,然后不死心地追问:"那你还爱他吗?"

她依然说:"不知道,但……"

"好啦就此打住,我求你别说话了!"我说,"我不要求你说'你不爱他了',反正你得告诉我,你是爱过我的。"

张莹莹看着我孩子气的样子哭笑不得,但还是满含歉意地说:"路凡,对不起。"

关于我跟张莹莹到底为什么分手,到现在我也没想明白,可能是我不想承认我输给了一个只会让她掉眼泪的人吧。我实在不想把我们恋情的失败,归咎于一个让我不屑一顾的男人。

我不禁想起范湉湉跟我讲的那句:我真的好希望自己晚点再与你相遇啊。我有时也会想,是不是晚点遇见张莹莹,等她彻底跟过去一刀两断时,我再出现,我们的结局就会不一样。

如果生活可以倒带,我没有在路边驻足,也没有贸然地上前搭讪,我想我也不会像如今这般彻夜难眠。

可是那些看似突兀的结局,哪个不是像雪糕掉在地上,钥匙断在锁里,气球飞到蓝天,无法再次重来。

张莹莹离开我之前问:"要不要一起拍张照片?"

"不用了,我不想把你强留在身边。"

"路凡，你真的以为是因为他，我们才分手的吗？"

"难道不是吗？张莹莹，我曾经那么爱你，我甚至可以为了你放弃一切。当然，我现在依然爱你，也依然可以为你放弃一切，这一切也包括你。祝你幸福。"

"路凡，很多事情是说不清楚的，就像我以为你会为了我们的未来，改变一下你自己，但是你没有。你每天除了玩游戏和睡懒觉之外，就是拍照。可是，爱情可不是这些呀！"

"可是，我爱你呀！"

"我也爱你！但是我不能继续和你交往了！我本来想跟你好好在一起的，但是失望一天天累积，我怕有一天我会讨厌你。路凡，你知道的，我不喜欢整天无所事事的男生。所以，就让我们的恋情在这个时候终结吧！"

"我有为我的摄影事业努力。"

"路凡，你不要自欺欺人了，你只是爱玩而已。"

"我改还不行吗？"

"行，但是路凡我们回不到以前了！"

对我来说，所有悲伤的语句里，最悲伤的莫过于一句"本来可以"。我希望那些"本来可以"的事情都能好好地继续下去。

如果我爱你，恰巧你也爱我，一定要好好在一起。

如果还没准备好，我想晚点遇见你！

有多少真爱，是因为不甘心

文 / 高瑞沣

凌晨三点，我接到一个哥们儿的电话，我的"喂"字才刚刚出口，他就在电话那端大声地哭了起来。

我举着手机的手没有动，也没有再说话，只是静静地听他在那边歇斯底里地发泄。我的不动声色不是不关心他，而是我明白这样一个道理：小孩子哭是因为他想要得到些什么，而成年人哭的话，一定是因为他永远失去了些什么。

不知道过了多久，他终于哭累了。谁知停止哭泣后，他居然很不要脸地来了句："我就知道你还没有睡！"

我叹了口气把有些发热的手机换到另一只耳朵边，然后不耐烦地让他赶紧告诉我到底发生了什么。

他居然扭怩了好一会儿才告诉我，他最爱的那个人即将走进婚姻的殿堂，但为她穿上嫁衣和盘上长发的却不是他！

我撇撇嘴调侃道："我不关心你有没有盘过她的长发，我只想知道，你有没有让她的腿盘过你的腰？"他居然恼羞成怒，冲我大声嚷嚷："高瑞沣，你能不能不要这么污？"接着，他很激动地向我强调，他们的关系很纯洁！

有时候气急败坏，反而是因为被点中了事实。我点了点头叹息道："怪不得你会哭，原来你们纯洁得什么都没有发生过！"

他无奈地对我说了句"有些事情你不懂！"然后就匆匆地挂了电话。我猜他应该去找别人倾诉了，很多人就是这样，不把一些事昭告天下，不获得别人的几句安慰，就不能够释怀。我实在不想听他给我描述，他单方面美化了自己的，那些关于爱情的陈词滥调。

这样的事情，难道我们听得还不够多吗？

你的爱情故事再深情、再精彩、再狗血，也总比不过白娘子和许仙、白洛因和顾海吧？

所以，若是闲暇时间听听八卦，还是可以的，但是凌晨三四点的时间，让我听你们的恋爱经历，还是算了吧！

当然，如果你正好无聊的话，无妨听听我接下来讲的这些与爱情有关的故事。

我高中同学有天喝了酒，借着酒劲告诉我，他的真爱就是我们班的女生。上高中的时候，他就喜欢那个女生，为了放学跟她一起回家，他会特意绕很远的路；为了吸引她的注意，他每天都到她的QQ空间给她留言；为了向她表示爱意，他经常把零食偷偷放进她的课桌里。

上大学的时候，他开始放开胆子追求她，每天给她发早安和晚安的短信，每天晚上熄灯以后给她打一个多小时的电话，每天坐一个小时的车跑到她的学校请她吃饭，每天根据天气变化提醒她加减衣服，就连她来大姨妈的时间都帮她记住……

他的这些付出，女生都欣然接受了。就在他以为可以水到渠成地与她开始恋爱时，这个女生却告诉他："我从来没有把我们的关系往那方面想过，我以为我们只是朋友，超级好的朋友！"接着，女生还告诉他，她喜欢白衣翩翩的俊美少年，而不是他这种膀大腰圆的"套马杆的汉子"。

他虽然很伤心，但是并没有选择放弃，依然铆足了劲地追求这个女生。他把偶像剧里面的花样都玩了一遍，原本不喜欢网购的他为了追求这个女生开始疯狂网购，短短的一段时间就成了淘宝买家五星级黄钻用户！其中，光烟花就放了一百多次，搞得该学校的师生们每到晚上八点就等着看烟花。对于他这种行为我只想说：还好你家里有钱！

这么穷追猛打的攻势还真取得了效果，那个女生不知是出于感动，还是迫于外界的压力，最后终于答应和他交往了，于是他就马不停蹄地把情侣们都会做的事情，带着这个女生一一尝试了一遍。

按照一般剧情，他们应该像童话故事里的公主和王子一样，幸福地生活在一起，可是事情并没有这样发展。两人交往一段时间后新鲜劲很快就过去了，他不再绞尽脑汁去讨她的开心，也不再患得患失心跳加速，甚至他发觉她不如当初那么完美了！

恋爱之前，他觉得这个女生是他心中的女神，热恋的时候觉得这个女生可爱甜美，可是热恋的劲儿一过，他猛然发现她只是一个凡人，她也会打嗝、放屁、扣鼻屎……于是，他居然移情别恋了。女生知道后大发雷霆，他们争吵了一次又一次，最后还是分手了。

"所以呢？你想表达什么呢？"我问他。

他咽下一口啤酒，一脸凄苦地望着我，说道："我今天在街上遇到了她和她的老公，她老公并不是那种白衣翩翩的英俊男子，他跟我一样膀大腰圆！她怀孕了，腆着肚子走路，她老公在旁边扶着她，他们看起来很幸福。她明明看到了我，却把我视为路人甲，理都没理我。"

接着，他又喝了一口啤酒，无比忧伤地跟我说："不出意外的话，她应该是我这辈子最爱的人！我现在根本不可能像当初一样，那么拼命地去追求一个女生！"

直觉告诉我他在说谎！没错，他确实不会再这么拼命地去追一个女生，但这并不说明他不会再爱上别的女生，而是因为他告别了幼稚和单纯。据我所知，他在和这个女生分手之后，又处过三个女朋友！我认为他之所以把那个女生称为真爱，只是因为她是他的初恋，只是因为她嫁给了别人并给别人孕育了孩子，只是因为他永远地失去了她。

我认识一个聪明漂亮还很传统的女生，她曾对我说，要把自己干干净净地给喜欢的男子，可惜遇人不淑愿望落空了！

她曾对我说，如果把男人形容成钥匙，那么女人就应该是一把锁，一把什么锁都能打开的钥匙叫万能钥匙，而一把什么钥匙都能打开的锁应该叫什么？

我不知道该叫什么，她笑笑没有再说。后来她告诉我，她曾认为与一个深爱自己的人谈恋爱应该会很幸福，就接受了一个男人的苦苦追求，后来才发现自己这个观点错得太离谱。

追求她的这个男人是她的高中同学，他苦苦追求了她三年。两人确立恋爱关系后，她不断地试探他、考验他，他顺利地通过了她设计的重重考验，于是她放心地把自己交给了他。她以为两人经过千难万阻才在一起，一定会顺利地进入婚姻殿堂，可是万万没想到，他居然那么快就背叛了她，那么快就忘记了他曾向她许下的爱的誓言！

他一次次劈腿，她一次次选择原谅，可是她的隐忍并没有换来他的回头，反而助长了他的嚣张气焰，最后她忍无可忍地向他提出了分手。

从往事中回过神，她情绪低落地说："我本就不那么爱他，我以为他爱我，我才接受了他的追求。我喜欢他追求我时不顾一切的样子，也喜欢刚开始交往时他对我细心照顾的样子，我以为他会一直对我那么好，才放心地把自己干干净净地给了他，谁知他刚得到我就变了心！我以后该怎么办？该怎么去找新的男朋友？该怎么面对我未来的老公？我已经没有了初吻和初夜，我不知道自己将来的老公会不会因此嫌弃我！"

我不知道该怎么回答她这个问题,我只能对她说:"如果是我的话,我觉得过去不重要,因为既然我选择了你,你什么样子我都会喜欢,并且我在乎的是,我们以后相伴的日子会不会幸福。你曾经受过的伤痛,我只会心疼,并恨自己和你相恋太晚!"

张爱玲在《红玫瑰与白玫瑰》中写道:"娶了红玫瑰,久而久之,红玫瑰就变成了墙上的一抹蚊子血,白玫瑰还是'床前明月光';娶了白玫瑰,白玫瑰便是衣服上的一粒饭黏子,红的还是心口上的那一颗朱砂痣!"

也许每一个男子都有过这样的两个女人,至少两个。我也未能免俗,我谈过两场恋爱,被甩过两次,过错不在女方,是我自己的问题。感情变淡恋情不能挽回时,我不懂放手也不会主动说分手,因为我害怕失去后才知那是真爱!

是的,我无法分辨清楚什么是真爱,我往往会在永远失去它时,才意识到它曾经来过。

我唯一能确定的是,我在追求一个女孩时,我是真的很喜欢她!真的很爱她!真的觉得跟她在一起会很快乐和幸福!

我曾经无数次想过,这种感觉要是能够持续一辈子就好了。可是,事实往往是残酷的,没有人能够十全十美,再浪漫的邂逅也会被现实生活的柴米油盐和鸡毛蒜皮消磨殆尽。我们只能选择包容,并花费心思地去经营我们的爱情!

得不到的永远在骚动,被偏爱的却有恃无恐。当得到自己梦寐以求的东西时,你会欣喜若狂,可这种欣喜的状态往往只会维持刹那间。欣喜过后,你的心会滋生一丝惆怅,你会觉得这东西也不过如此,你甚至还会后悔,当初自己为什么要死要活地为它拼命?

得不到的总是最好的,因为没有得到,你便不能近距离和它接触,就不会看穿它的优点和缺点,可以一直幻想它的美丽。因为它总是站在你的远方,你只能看得朦朦胧胧,这种不真实正好遮挡了那些瑕疵!

好的爱情从来不会从天而降

文 / 文子

我曾经为很多女孩拍过照,她们中的大多数人,在大学时代就开始找我拍照——最初是一个人的艺术照,后来有了男朋友,就带来让我给拍情侣照,再后来,让我给她们拍婚纱照、孕妇照和全家福。

这些年,我一直在记录。

能记录别人人生中重要、幸福的时刻,是我做摄影师的动力。

不过,并不是每个来拍婚纱照的女孩都是幸福快乐的。

曾有一个女孩千里迢迢地来找我为她拍婚纱照,却是孤身一人!我们给她拍完照的那天晚上,她在海岛的路边摊哽咽着为我们讲述了自己的故事。

故事依旧逃不掉那些"我深爱你,你辜负我"的情节——她为对方默默付出了数年,帮对方戒掉赌博,还找到了人生的方向,眼见幸福就要来临时,对方却在订婚的前几天出轨了。曾经的约定变成了笑话，但她仍然要来见我一面，让我为她拍摄下这组少了另一半的婚纱照！

无论是多么豁达的女孩遇到这样的事情都会难过吧，可是又有什么办法呢？我除了摸摸头给她一个拥抱，都不知该说什么来安慰她。

记忆里还有一个女孩让我印象深刻，她带着自己的爷爷，从青海来杭州找我拍照。

由于爷爷不敢坐飞机，她便跟爷爷坐了将近三十个小时的火车来到我的面前。

她告诉我，她是由爷爷一手带大的，爷爷一直以来的愿望就是看到她早日结婚。可是，她一直没找到合适的人。她不知道爷爷还能不能等到自己结婚的那天，所以她想穿着婚纱跟爷爷拍一组"特别的婚纱照"。

这组照片与平时拍的婚纱照和情侣照都不同，我在镜头里看到了爷爷眼眶的泪水，也在镜头这边被浓浓的亲情感动着。

我遇到的那些女孩，她们或多或少都带着这样的故事。

我和浩森也不止一次被问及，年近三十为什么还不恋爱。每年回家过年都会被大家追问，这简直就是一种幸福的煎熬。我非常理解家人急切地希望我找到另一半的心情，只是生活的经历让我明白，爱情并不只是期待就能得到的。

在期待之前，我们需要做的事情太多。

我和朋友出去喝酒的时候，我问过一个女生："女生都喜欢什么样的男生呢?"这个女生当时特别自然地回答我:"不能太穷。"

如果这段对白放在网上,一定会被很多"直男癌患者"吐槽该女生太过现实,不过这个女生给了我一个很合理的解释。

她说:"我并不指望自己的伴侣大富大贵,但我觉得一个成年男人的经济情况很大程度取决于自己。在结婚的年纪,他可能买不起最昂贵的婚纱和钻戒,但我希望他起码能给我一个小小的家,我们一起奋斗按揭也没关系,可如果连这个都做不到,那我觉得自己也没必要委屈地跟他共度一生。"

我那时候听得懵懵懂懂,后来看到周围不少朋友和同学结婚了,也目睹了很多失败或者美满的婚姻,这时我才渐渐领悟了那个女生的话。

很多女生总是渴望自己能拥有一个疼爱自己的老公,而男生也希望自己结束工作后回到家能看到妻子的笑脸。可惜有些人一直在期盼"好的爱情",却从不会去想自己能为实现它做些什么。

我之前提到的那两个姑娘,一个是被辜负,一个是没遇到合适的人,这样的例子属于少数,更多的人得不到好的爱情,是因为他们自身的原因。

我认识的朋友里有闪婚闪离的,他们结婚当然是因为爱情,可离婚的原因却千奇百怪。有一个女孩说:"当初以为结婚后他会变,可是没有。"抱着这样的心理结婚的人不在少数,只是往往会以离婚收场。

在期待好的爱情之前，我们需要不断完善自己，或者说懂得去磨合，起码在遇到那个合适的人之前，不会因为"太穷"而却步；在一段婚姻之中，不会因为自己的固执让对方讨厌。

认真观察一下身边的已婚人士，我想大家会发现那些拥有幸福婚姻的男女，往往并不是俊男美女。

我和浩森曾经讨论过，为什么帅哥总是不和美女在一起。后来发现，原因之一是从小到大都优秀和好看的男生或者女生，一般都是被宠坏的孩子，他们不能包容对方的缺点，也不肯为对方做一点让步，那走到一起的概率自然就低了。

不过也不是没有特例，我和浩森的某一对朋友都是模特，外形自然不必多说，小两口结婚好几年依然甜蜜如初。他们俩当然也会发生争执，只是争执后都会服软。有些人一边期盼着爱情，一边又强调着百分百的自主与独立，我想这类人不会懂爱情需要两个人共同经营，想获得心理慰藉，就要适当地为对方付出时间和精力。

期待好的爱情无可厚非，只是在期待这样的爱情到来之前，更要明白得到爱情所要付出的代价，毕竟好的爱情绝不会从天而降。要知道，只有学会包容，你才能得到更多；只有你变得丰盛，你的爱情才不会贫瘠。

好的爱情从来无须去权衡利弊

文 / 和海琴

七夕那天耿靖向我表白，没有鲜花，没有烛光晚餐，只有13.14元的微信红包。他给我发消息：你愿意嫁给我吗？

我又震惊又激动地在心里骂：靠，好歹也该是个131.4啊！可我还是抑制不住激动和开心。不由得有些发抖的手哆哆嗦嗦地打出"愿意"二字时，顿时觉得全世界都是一片浪漫的粉红色。

我才不在乎他的钱呢！哪怕他发的是1.3元的红包，我的答案依然是那两个字，哪怕只有0.13元，我的答案也不会发生丝毫改变！

耿靖发来了语音，声音有些颤抖："你确定你没看错吗？我说的是愿不愿意嫁给我，而不是愿不愿意做我女朋友。"

我能听出他言语间满满的疑惑与不可思议，也能想象他此刻捧着手机在房间里来回走动不安的样子。

"我知道啊。"我轻描淡写地回答，其实心里想的却是：废话，我又不是不认识汉字，当然一眼就看到了问的是愿不愿意嫁给你。

"为什么？为什么你竟然答应我了？我以为我还是会像以前那样被你拒绝。你知道的，我被你以开玩笑的方式拒绝过那么多次了。"耿靖不敢相信自己的耳朵。

他一遍又一遍地向我强调：是嫁啊。我一遍又一遍地回他：我知道。

没人知道我有多想把心掏出来捧给他看，我敢肯定那上面一定密密麻麻刻满了"我愿意"。

耿靖乐得话都说不利索了，他颤抖着声音结结巴巴地说："我不敢相信……不敢相信你竟然……竟然答应我了，以后……我就可以喊你媳妇儿啦。"

我隔着屏幕都能感受到电话那边的他激动雀跃的心情，而我也早已抑制不住内心的喜悦，捧着手机笑出了声。

耿靖一本正经地说："我从来就没想过让你做我的女朋友。"

"因为你想让我做你的妻子。"我一脸严肃地说。

他竖起大拇指说："你果然懂我！"

2006年我读高一，跟耿靖同班，那时我们还没有智能手机，也没有微信和QQ聊天，我们之间的交流纯得就如一张白纸。

我问："这道题怎么解？"

他看一眼："来，我教你。"

我们之间的沟通永远围绕着数理化公式。他理综很好，我文综不差。

高二分科，我理所当然地选择了文科，他则继续留在原来的班级学理科。从此我们之间的交流少了公式，多了一些客套的问候。

高三时我跟班草恋爱，整天和班草同进同出，自然跟耿靖的联系少了许多。

2009年我高考失利，留下来复读。班草去了大学，耿靖也是。

异地恋比想象中的还要艰难，无论之前感情多么深厚，终究比不过生病时身边人的照料，于是班草很快向我提出了分手。

复读的日子里我买了手机，正读大学的耿靖开始跟我频繁地联系。他说："你别老是玩手机，好好读书，考上大学了我回来庆祝。"

我说："好，听你的。"

耿靖的安慰帮我走出了失恋的阴影，耿靖的鼓励和支持伴我熬过了艰难的复读时光，我于2010年考入大学。

我们并没有一起庆祝。我去了跟耿靖不同的城市读大学。

不同的城市，不同的大学，不同的专业，并没妨碍我们之间有事没事的电话联系。

耿靖说："我喜欢你。"

我说："哈哈哈，发什么神经。"

他说："我说的是真的。"

我说："哈哈哈，你臭不要脸。"

耿靖这样表白过好多次，我也这样骂过他好多次。

2013年耿靖考上了研究生，离开了家乡的城市去北京读研。我跟耿靖的联系越来越少，只是偶尔在共同的微信群里胡乱调侃几句。

2014年我大学毕业，毕业之后认识了汪亦凡，一个有车有房又有钱的同龄男生。

第一次见面，汪亦凡看着我说："你的脸爆皮了。"于是，他买了两盒高档补水面膜送给我。后来，他又买蜂蜜送我，还说他就想把我当公主一样宠着。5月20号那天，汪亦凡给我发了520元的红包，还说必须领，不许退回来。

从5月20号开始，汪亦凡就爱上了给我发红包，早上他发红包说早安，晚上他发红包道晚安。由于他有一阵去了上海，于是周末他就给我发大红包让我去买衣服，工作日也给我发大红包让我去买水果。盛夏来临时，他怕我因暑热睡不好觉，还特意从上海买了塔扇邮给我。

法定假日来临了，汪亦凡想给我一个惊喜，于是瞒着我买了机票。出发前一天，他发机票截图给我："我要来兰州看你了，好激动！"

我却轻描淡写地说："忘记跟你说了，我要去天津了，票都买了。"

汪亦凡默默地退了机票,几分钟之内损失了750元。

愧疚之余,我发现了一个严重的事实:我对汪亦凡没有任何男女之情,不管他对我有多好,也不管他的物质条件有多优渥,我依然对他没有心动的感觉。

都说爱一个人不需要理由,可有时不爱一个人同样如此。

2016年耿靖研究生毕业。5月底朋友结婚,我跟他都去参加了婚礼。

再次看见耿靖的那一刻,我居然心跳加快,还害羞到双颊绯红,像个小女孩一般低下了头。我不知道自己什么时候开始喜欢耿靖的,但我知道那种喜欢一定由来已久。

后来,耿靖说:"婚礼上与你再次相逢的第一反应,就是真的好想好想抱抱你!"

其实,我又何尝不是呢。

2016年七夕,我跟耿靖终于确定了恋爱关系。那种兜兜转转觅得真爱的感觉,让我们感到特别幸福,于是决定厮守终生。

那年的8月,我跟耿靖回老家见家长,商谈我俩的婚事。

爱情向婚姻过渡时往往就会变得复杂,爱情可以是简单的你情我愿,婚姻却要考虑各种问题,而双方家长是否支持尤为重要。

我爸妈嫌耿靖家贫穷,他父母怨我爸妈要的礼金高。我爸妈说有房有车有钱并愿意娶自己女儿的男生多得是,他父母说有那么多礼金他儿子什么样的媳妇都娶得到。

双方父母就这样僵持不下，我跟耿靖紧张地看着他们协商，期待他们各让一步好成全我们的亲事。

耿靖说无论两家最后商量成什么样，他都非我不娶；我说无论耿靖家里有多穷，我都非他不嫁。

两家家长终究没能拗得过下定决心要在一起的我们。于是，僵持十几天之后，我跟耿靖订婚了。

耿靖说："媳妇儿，我好想让你住大房子，属于我们的大房子，可我现在没有钱，我们只能住租的。"

我说："你在哪儿，哪儿就是家。况且，房子是租的，但生活不是。"

他感动万分："媳妇儿，你真好，谢谢你不计较我穷。"

"我爱的是你这个人，无关你的工作你的钱，也无关任何跟物质有关的东西。现在没有的，我们一起努力争取，只要跟你在一起，我真的什么都愿意。"我拉着他的手说道。

耿靖说："谢谢你在那么优秀那么富裕的汪亦凡和一穷二白的我之间，选了我。我真的好感动，谢谢你不嫌弃我什么都没有。"

我说："爱了就是爱了。真爱了，许多想法和做法，都会难以控制；真爱了，就无须去权衡利弊。他什么都有但我不喜欢，你什么都没有可我就是爱，我不想细细思量那些他能给我的，我也不想默默揣度那些你不能给我的，因为那都不重要。我觉得无论何时何地，无论我们处在何种际遇，只要有你陪在我身边，有你爱着我，就够了。"

9月中旬我跟耿靖举行了婚礼,随后我陪他去了他上班的城市。有他的日子,我很心安;有爱的日子,生活很充实。

我相信舍弃一个什么都有的人,不会让我多落魄;我也相信,选择一个什么都没有的人,也不会让我多难堪。爱情哪需要权衡利弊,只要足够相爱,自然就会不顾一切;只要足够爱,物质上的不足,两人完全可以一起去争取。

你不爱我时,我也那么闪耀

文 / 海欧

作为一个在地球上居住了二十多年的人类,我忽然意识到我见过的分手事件,绝对多过有情人终成眷属。

毕竟,修成正果真的是小概率事件,而分手却无时无刻不在上演。陈奕迅有首歌也这样唱道:"流浪几张双人床,换过几次信仰,才让戒指义无反顾地交换。"

见过很多分手情景,劈腿了、不爱了、不合适了……无论是哪一种,大多伴随着悲伤难过。没见过谁分手还欢天喜地的,除非那人在这段恋情中一直饱受煎熬。

我的同事叶子与男朋友从高中相识,大学相恋,有着四年的深厚感情,在本该走上幸福红毯的时候,男朋友却经不住外面的诱惑劈腿了。更可气的是,他还对叶子说:"我觉得我们两个在一起无趣极了,我再也找不到当初心动的感觉,你吸引我的那些优点我看不到了。所以,我们分手吧!"

那一刻,叶子觉得自己的人生跌倒了谷底。

什么叫两人在一起无趣极了?什么叫我的优点他看不到了?什么又叫在我身边找不到心动的感觉了?叶子听了他的话,不禁对自己的个人魅力产生了深深的怀疑。其实,叶子样貌不错,还是个才女,她写得一手好文,弹得一手好琴。据说,当年叶子钢琴独奏获得了校文艺汇演的一等奖,而她弹钢琴的样子深深地吸引了一个男生,然后这个男生就写情书追求她。接着,他得知叶子还在各种刊物上发表文章,就用零花钱来收集刊登了叶子文章的每一本杂志。是的,这个男生就是叶子的前男友,他当年如此用心地把叶子追到手,如今却说出这样的话来。

我爱那个闪耀的你,不爱后来平淡无奇的你。这大概是很多人的共同点吧!我们往往容易被闪耀的人吸引,而闪耀的人也有平凡之处,不可能处处发光。

他们分手后,叶子把她前男友当年写给她的一封情书翻出来给我看,上面写着:你是我见过最亮的星星,闪耀在天空,照亮我的心情。

不得不说,如果不是抄的,这小子还是有点文采的。

叶子哭着问我:"为什么他曾经那么欣赏我,现在突然就变了?难道真的是我变得庸俗了吗?"

我安慰她:"不是你不优秀了,而是他不爱了。这个世界上很多男人的爱情都是有期限的,只是期限的长短不同,有的短短数日，有的坚持几年，还有的看似漫不经心，却能保持一辈子。不是你不好，而是你遇到的男人不好。"

两年前我结识了一位客户，是位年过三十的姐姐。这个姐姐谈吐得体，举止优雅，做起事来专业而干练，脸上始终挂着自信的微笑，不论走到哪里都么引人注意。

我们一起喝咖啡时，她问我有没有男朋友，我说有是有，只是不在一个地方。

她说："那你可得小心了，要么去他那儿，要么把他弄过来，两个人在一起才好。"

我笑着问道："姐你这么有经验，是不是从姐夫那里得来的？"

她轻轻放下咖啡杯，对我说："我还单着呢！"

我一愣。

原来，她十年前谈了一个在部队的男朋友，两人一谈就是八年。八年的光阴啊，一定是付出了真感情的，可是两人最终还是说了分手。

"没办法，他不肯放下他的部队工作，而我适应不了部队的生活，两个人总不能一直这样异地恋吧，于是他向我提出了分手。"姐姐缓缓地说。

我很惊讶："那你为何不挽留一下呢？"

她笑道："挽留是没有用的，当一个男人说出'分手'这两个字时，就代表他已经做好了所有的准备。没有男人是会轻易说分手的，除非他还是个孩子。"

"那你一定很难受吧，八年的感情……"

"是的，难受，非常难受，比失去什么都要难受，可是难受又能起什么作用？日子还是要过啊。我曾经以为，离开他以后我就什么都没有了，再也没有人夸我宠我，再也没有人惯着我任我发脾气，再也没有人在深夜里对我嘘寒问暖。我以为，我从此就要过着暗无天日的生活了。"

说到这里她停了一下，喝了一口咖啡继续说："可是，我不能因为失去一份爱情就一蹶不振啊，毕竟人生之路很长，爱情也不是人生的全部。于是，我报兴趣班学习插花，报MBA学习管理，并在节假日和好友结伴出游。我让自己的生活一点一点地亮起来，而且，比以前更亮！"

我看着她明亮的双眼，由衷地佩服她的洒脱和睿智！

我把那个姐姐的经历告诉了叶子，叶子擦掉眼泪说："我明白了，给我几天，我会收拾好心情迎接新生活。"

叶子是不会就此低头的，果然没过多久，叶子的钢琴参赛曲目就获得了市级奖项。当她容光焕发地站在舞台中央发表获奖感言时，我知道叶子已经走出了失恋的阴影，我熟悉的那个自信的叶子又回来了！

这一切只是刚刚开始，不久之后叶子的长篇小说也要上市了，首印两万册，还没开印就收到了无数粉丝的订单。

她的前男友看到她如今的光环，又回来请求复合，她冷冷地拒绝了。

我们一起逛街时，她对我说："走出失恋阴影，重新找回自己的感觉真是棒极了！"

我问道："有没有感觉头顶上有个光环，一直跟着你，走到哪里跟到哪里？"

"是的，我很享受这种近乎涅槃的感觉！"叶子点头说道，"我曾以为得到他的否定，就意味着我的人生完蛋了。他的否定让我对自己产生了怀疑，我怀疑自己真像他说的那样没有优点，一无是处。现在我才知道，原来'你优秀'，可以是一个人爱上你的理由；同样，'你不优秀'，也可以是一个人离开你的借口。真的没什么值得介怀，因为感情这件事，和优秀与否并无关系。"

是的，才女张爱玲遇见胡兰成，写出"遇见你我变得很低很低，一直低到尘埃里去，但我的心是欢喜的，并且在那里开出一朵花来。"可这样优美动人的诗句，并没有换来胡兰成的"执子之手，与子偕老"，他们最终还是分道扬镳。

所以说，卑微的爱情难以持久，作为一个现代女性就应该自信地扬起头。不管有没有人欣赏，也不论有没有人疼爱，都要让自己活得精彩。

我们都是相互独立的个体，离开谁都能很好地活下去，我欣赏那种分手之后依然保持自我的人。

曾经看到过一句话：我爱你时你才那么闪耀，我不爱你时，你什么都不是。

我想说，你爱我时我很闪耀，你不爱我时我依然闪耀。我的光芒源于自己，与你是否爱我无关。

乔木向阳生

文 / 代琮

我叫乔木,出生在北方海边的一座小城。

在这座城市的主干道上,不知从何时开始,沿路种满了各种参天挺拔的乔木。久而久之,这向上生长的乔木,渐渐成了这座城市特有的象征。于是,在我出生的那天,父母给我取名乔木。他们希望自己的女儿也能如这城市的乔木一般,一直向阳向上地健康成长。

我从情窦初开就喜欢上了一个男孩,然后喜欢了整整十一年。

那个男孩名叫嘉辰,比我大三岁。从认识他开始,他在我心中就如那遥远的星辰,远远地悬挂在天空供我仰望。

在初中的入学典礼上,我第一次见到了嘉辰。那天,他作为优秀毕业生,受邀到初中部来演讲。即使时隔多年,我依然清楚地记得当时的情景。

那是个阳光明媚的早晨,嘉辰穿着白色的衬衫,笔直地站在飘扬的五星红旗下，脸上带着自信的微笑。

还记得在当年的博客里，我忍不住这样写道：我遇见了一个人，他很好，是真的很好。

我们所在的这所学校分为初中部和高中部，我偶尔会在学校里见到嘉辰。他和学校里所有的学生一样，穿着难看的蓝白条校服，不知为何这难看的衣服穿在他身上却异常好看。

我总是忍不住偷偷看他一眼，就红着脸赶紧挪开视线。

有时候，害羞过后，心里还会特别懊恼。人家嘉辰可是个男孩啊，而我居然和他穿一样码数的校服。更恐怖的是，同样大小的衣服，他穿着还有宽宽的空隙，而我一身软肉把校服撑得鼓鼓的。甚至，我有时吃得太饱，连拉链都拉不上，只能尴尬地露着肚子上的游泳圈。

大概是偏爱的缘故吧，我从别人嘴里听到赞扬嘉辰的话，就会特别开心，那开心的程度远胜听到别人赞扬我！

为了让自己能够配上优秀的嘉辰，为了让嘉辰能够注意到我的存在，也为了创造我俩在一起的可能，我开始了悄无声息地追逐。

听说嘉辰从小学习钢琴，我就拾起了小学时学过两年的舞蹈；嘉辰成绩优异，我便日日坐在房间努力学习；嘉辰待人温和，交友广阔，我就逼着自己战胜羞怯去融入大家。

前两项还好，可是战胜羞怯对我来说太难了！为了战胜羞怯，我逼迫自己去参加学校组织的各种比赛。站在台上面对台下那么多同学，我的心脏就不受控制地狂跳起来，可是更让我难受的是，总能听见大家在台下发出讶异的嘘声，甚至还有人在下面挥手大叫："喂，胖妞！你是上来表演肉夹蚊子的吗？哈哈！"

我那一刻真的好想赶快逃离，可是我逼迫自己留在台上，逼迫自己仰头不让眼泪滚落，逼迫自己努力微笑着继续进行演讲。

我努力不让大家看出我的尴尬和紧张，于是用垂在校服裤子旁的手，死死地掐着大腿上的肉，因为只有这样，才能逼迫自己按下转身就跑的念头。

我曾把自己对嘉辰的仰慕之情，向自己的闺蜜讲述，但她听后竟然安慰我说："乔木，要不还是算了吧！没用的，放弃吧。你看你现在这胖胖的样子，可爱是可爱，但真的太普通了。我想嘉辰是永远不会注意到你的，也更加不可能喜欢你。"

可是，我依然不信命地咬牙坚持说："不会的，我还有机会的，我会继续努力的。"

为了让自己瘦下来，我每天傍晚放学后开始去学校的操场上跑步。我跑了一圈又一圈，直到跑到筋疲力尽大汗淋漓，瘫软在地上为止。

身心的疲惫有时候会让我流泪，可是我清楚地知道，只有拼命改变自己，才能让嘉辰有机会记得我。

可以说，那时的我，是在跟自己的身体赛跑，是在跟自己的内心赛跑，也同样是在跟自己的命运赛跑。

初中三年过去了，我升入高中。

初中的这三年，我瘦了整整三十斤，然后试着努力忘记已经远在北京求学的嘉辰，全身心地投入紧张的学习中，也积极地参加学校举办的各种活动。我毫无意识地重复着嘉辰的轨迹，把自己活成了他曾经的模样。

难吗？也很难。

累吗？真的累。

有时候需要用尽力气去做自己不喜欢的事情，有时候会遭遇不公平的对待，有时候甚至会招来同龄人的恶意攻击。可是没办法，世界本来就是这样残酷。当然，面对这些，我有时会哭，会厌倦，也会产生放弃的念头，可为了前方模糊的希望，我只能一一忍耐，继续奋力前行。

偶尔，我也会庆幸自己早早地拥有了追逐的目标，那个目标虽然看起来遥不可及，却始终在激励着我，一遍一遍地对我说："要变得更好，要变得更好，一定要变得更好才行！"

抱着这样的想法，我一路向前，以优秀的成绩从高中毕业。毕业聚餐的那天，班里相熟的一个男同学居然对我表白了。

也许是从未被人关注过，我惊讶极了，实在难以相信竟然有人喜欢这样的我！这样糟糕的，一点都不美好的我！

我怔怔地看着他不好意思地用手摸着自己的后脑勺，和那因为害羞而涨红的脸，不知为何，这一刻我突然想起了千里之外的嘉辰。

嘉辰也会这样吗？他也会喜欢上一个人吗？喜欢到压抑着忐忑

和不安,忍着难以言说的羞涩,在某个时刻向那个人,红着脸颤抖地表达自己满心的眷恋和爱慕……他会吗?

毫无意外的,我拒绝了那位同学。

更毫无意外的,我填报了嘉辰所在的学校,远赴北京。

嘉辰作为学生会会长,参与了迎新的工作。因为我飞机晚点,嘉辰就让同行的人先走,自己留在机场等我。

我提着沉重的行李走进机场大厅,远远就看见了站在人群里等我的嘉辰。我内心的激动和喜悦,难以言说。

嘉辰手里举着牌子,上面写着我的名字。

我纠结了很久才走到他身边,拖着行李箱的那只手上早已冒出了汗,我声音颤抖着对嘉辰说:"你好,我是乔木。"

嘉辰给我一个温暖的笑脸,然后说:"我知道啊。"

看着他熟悉而干净的笑容,我突然再也说不出一个字。

嘉辰接过我的行李,然后走在前面为我带路。我俩之间隔了一臂的距离,这是我第一次离他这么近,也是第一次和他单独相处,我激动地跟在他的背后,突然有种想要痛哭的冲动。

我想说:"我追逐了你那么多年,你知道吗?"

我们虽在同一所大学读书,但选择的是完全不同的两个专业:嘉辰读的是法律,而我读的是医学院的临床医学。

我们并没有产生更多的交集,嘉辰把我送到学校后,就把我交给了别人,自己去忙其他的事情了。

我就此开始了每天三点一线的大学生活,教室、宿舍和图书馆每天都可看见我的身影。后来我加入了学生会,偶尔受到邀约,会在某些聚会上和嘉辰见面。

嘉辰仍然优秀,在人才济济的这所大学,他仍然属于佼佼者。

我依然普通,成绩中上面容简单,难以让人眼前一亮,始终不是众人瞩目的焦点。

虽然我跟随嘉辰的脚步来到了这所大学,可是我们之间依然隔着一条难以逾越的鸿沟,平凡的我还是只能仰望优秀的嘉辰。

我不甘心整个大学就这样仰望他,于是在别人忙着恋爱,忙着兼职,忙着赚奖学金的时候,我又开始疯狂地改变自己。

背有点驼,就去报礼仪班,硬生生地把略弯的脊背拉直;没有曲线,就利用专业知识锻炼出漂亮的腹肌翘臀;不够白,就买来一袋袋的柠檬榨成汁,装在随身的水杯里喝;不够优秀,就放弃所有课余娱乐时间泡在图书馆……我每天就这样忙碌,恨不得一天能有四十八个小时。

努力没有白费,我接替了嘉辰学生会长的位置,还和他渐渐熟悉了起来。有时嘉辰看到我这样努力,就会忍不住劝我:"乔木,其实你可以不用那么辛苦的,对自己好一点。"

听到他这句话,我感到既窝心又伤感,忍不住意有所指地说:"不辛苦啦,为了想得到的而努力,怎么会辛苦呢?"

嘉辰不明白我话里的深意,没再劝下去,只好一笑了之。

一直以来,我以为等我变得足够好,嘉辰就会看见我。却万万没有想到，他并没有那么多的耐心等我变好。

我读大三的时候，嘉辰已经在本校读研了。那年的聚会上，我见到了他的女友。

那个女孩来得太突然，我见到嘉辰的喜悦还没散尽，就紧接着陷入了深深的错愕与痛苦之中。

那个女孩可能看出了我爱慕嘉辰，在之后的酒局上，她总在有意无意地针对我。一会儿缠着嘉辰对唱情歌，一会儿与嘉辰喝交杯酒，并时不时地用挑衅的眼神看我。甚至，她见我的视线飘过去，还一把揽过嘉辰的脖子，两个人在众目睽睽之下来了个深吻。

嘉辰虽然有点尴尬，却难掩对女孩的宠溺，无论那个女孩做出什么出格的举动，他都一一配合。

我默默地看着两人的甜蜜互动，内心瞬间被酸涩、忌妒、不甘填满，双手不由自主地隔着裙子紧紧掐着自己腿上的肉，努力地让自己保持大方得体的微笑。

在那之后，我再也没有主动联系过嘉辰，把全部心思放到了学习上，最终考上了本校的研究生。考上研究生后，我一边学业，一边跟着导师在北京一家三甲医院实习，终于穿上了自己梦寐以求的白大褂。

后来，我听说嘉辰和那个女孩分手了，具体原因我无意探究，听到消息时也并没觉得很高兴，我仍然按部就班地过着自己的生活。只是，我不再刻意逃避嘉辰，偶尔他问起我的近况时，我还是会忍不住回应。后来，我们开始单独见面，一起吃饭，一起看电影，一起去看五月天的演唱会。

我读研二的时候，有相熟的辅导员推荐我在医学院的毕业典礼上讲话。彩排的时候，嘉辰刚好来学校见一位教授，听说我也在学校，就顺便约我一起吃饭。

那时候我已经有将近三个月没和嘉辰见面，接到邀约，我产生了短暂的犹豫，但最后还是答应了下来。

嘉辰到彩排的礼堂时，我还在上面练习。由于我有点近视，对他的到来并没有发觉，依然平静地站在台上和负责人对稿。

直到彩排结束，嘉辰走到光亮的地方笑着向我挥手时，我才发现他。他仍然穿着白衣黑裤，仍然面带微笑，就如我们初见时一样。只是那一瞬间，时光对调，我不再是那个只能站在台下仰望他的青涩少女。当初那个自卑得在深夜哭泣的女孩，怎么会想到，有一天她竟会凭借着自己一腔孤勇的努力，站在聚光灯下，站在众人的视线里，站在那个自己暗恋的少年面前！

嘉辰走到舞台下，笑着向我伸出手。我愣了很久才握住嘉辰的手，就势从舞台上跳下来。

不知道是有意还是无意，他轻轻反握住我的手走出礼堂，一直走到礼堂外种满乔木的小路旁才停下来。直到这时，他也没有把我的手放开。

他用温柔的眼神望着我，红着脸轻声问："乔木，能不能给我一个机会，让我照顾你？我真的，很喜欢你。"

我看着嘉辰，他也看着我，他断断续续地向我诉说中学时就开始喜欢我，还说那时的我胖嘟嘟的很可爱，他知道我要来这所大学时就早早地到机场等我，甚至为了制造两人独处的机会利用特权打发走了其他人，他又说看着进入大学变得漂亮而努力的我让他很心疼……

他居然也暗恋了自己多年，我不禁笑了出来。嘉辰脸颊更红了，见他还想说些什么，我却无心再听，于是毫不犹豫地打断他，说："好，我给你机会。"

嘉辰怔了一下，然后咬了下嘴唇，慢慢地抱住了我。

乔木轻香扑面而来，那一瞬间，我很庆幸自己为了追逐嘉辰所做出的努力，也很庆幸自己爱嘉辰的同时完好地保留了自己的自尊。

"乔木，我只喜欢过你，那个女孩只是……"嘉辰在我耳边小声解释。

"不重要了！"我埋在他的怀中轻轻叹息。我希望嘉辰喜欢我，是因为我美好，不掺任何杂质。

我始终对自己有清楚的认识，我知道，好的爱情从来不会从天而降，更知道爱情不能去指望那缥缈无依的缘分。

好的爱情，从来都需要去争取。

喜欢一个人，就去变成更好的自己吧，如同乔木向着太阳生长一般，只有朝着自己喜欢的那个人不断努力，才能得到向往的美好爱情。

那段没说出口的爱情

文 / 马宗武

城市在夜色中渐渐安静下来，回忆却如潮水般涌上心头，久久难以平息。

我常常在凌晨时分看到小茹发来的文字，从起初一百多字的微博，到后来一封封的来信，她的故事就这样慢慢变得清晰和完整起来……

小茹是在大一开学没多久认识佳明的，那天她抱着新书往教室里走，在拐弯的地方突然撞到了一个男生。那男生穿一件白色球衣，手中抱着一个篮球，高高帅帅地站在她面前。小茹一直记得那个情景：在她道歉的时候，那男生把额前的碎发往上撩了撩，接着就冲小茹露出了一个灿烂的笑容。

喜欢打篮球又喜欢跳街舞的男生并不多，然而小茹打听到，那男生还是学校街舞社团的"积极分子"。

那时的小茹很矮，还好不算胖，可是动作非常不协调，但当他知道那男生经常出入学校的街舞社团时,还是鼓起勇气报名了。

正式加入街舞社之后,小茹才发现,每周只有两次机会看见那个男生。那个男生叫陈佳明,是高她一届的学长。

陈佳明学的是数学专业,上大二之后课业紧张,每天需要花费大量时间泡图书馆。街舞和篮球,对他来说是难得的调剂,所以每一次的街舞训练,他都格外投入,HIP-HOP、Breaking、House,他都跳得有模有样。

两人在这一天天的训练中慢慢熟络起来。佳明曾经笑着问小茹:"练舞明明是一种享受,为什么你还要想方设法偷懒啊?"自那以后,小茹便不再偷懒,每一次训练都认真完成,她的街舞也跳得越来越好。

有一晚,训练结束后,佳明和一些同学要一起出去吃饭,有人问小茹要不要一起去。她刚想推辞,佳明却看了她一眼就跟其他人说:"今晚加一个人!"小茹只好默默点头。

吃饭的时候,佳明故作严肃地对她说:"你要多吃点,你看你瘦的,肯定找不到男朋友。"其实,小茹根本不瘦,她吃的也不少,她的饭量甚至抵得上三个大男生。

后来佳明每次聚餐都要带上她,小茹不解地询问原因,佳明笑着说:"兄弟们说带你吃自助餐不吃亏!"小茹抬头看向佳明,问道:"你呢,也是这样想吗?"

佳明笑着把手搭在她的肩上,对她说:"我觉得你吃饭的样子好看又有趣,而且,你这么矮又这么瘦,是该多吃点儿。"说完,他还使坏地比划了一下小茹的身高。

佳明身高一米七八，小茹身高一米五八，这二十厘米的距离，让小茹只能仰望他。

小茹和佳明的关系越走越近，就像哥们儿一样，两个人经常肆无忌惮地在校园里勾肩搭背。小茹的舍友警告她说："这是危险信号，关系越好，你们就越不可能成为情侣。"小茹听后有那么一瞬间的落寞，可是她不愿刻意疏远佳明，也做不到刻意疏远佳明。

小茹喜欢佳明，她也想和佳明像其他情侣一样，一起做很多喜欢的事情，但她觉得自己那么平凡，配不上优秀的佳明……

小茹越来越胖了，体重从刚入学的一百斤飙升到了一百三十斤。佳明却越来越帅，喜欢他的女生可以排成一个加强连了。

在一次社团聚会上，一个女生拿出一封信递给佳明，说是她们宿舍的女孩写给佳明的。大家起哄让佳明念给大家听，佳明摇着头羞红了脸，于是就有人抢过去大声读起来。那女生在信中说，这是她为佳明写下的第一百二十一封信，希望佳明能做她的男朋友。

大家这才知道，两年多以来，那女生一直爱慕着佳明，佳明知道却选择了刻意回避。

那一刻，小茹在心里想：从见你的那天起，我就喜欢上了你，可是我不如这个女孩有勇气。

有些话，好像时间越长就越没有胆量说出口。小茹害怕如果她开了口，两人以后就连一起吃饭的机会都没有了。她有时也恨自己的懦弱，可是依然鼓不起勇气去向佳明表白。

小茹大三那年,佳明去了一家外企公司实习。

那年的元旦晚会,是大三那届学生最后一次参加校园晚会,街舞社团决定请佳明他们几个前辈回来帮大家排一支舞。宿舍的姐妹们知道小茹一直喜欢佳明,就怂恿她趁这一时机跟佳明表白,她们甚至替小茹写好了表白信,可是小茹拒绝了。小茹就这样踌躇着、纠结着、磨蹭着、等待着,错过了一次又一次机会。

元旦晚会顺利结束,社团的组员照例约在一起吃饭喝酒,大家起哄说有男、女朋友的都要带来。就在那一晚,小茹见到了佳明的女朋友。那晚,小茹闷声不响地一直喝酒,喝醉了就躲到角落里掉眼泪。大家以为,她只是因为喝多了才会哭泣,只有小茹自己知道,真正让她难过的,是佳明身边有了别人。

大三临近尾声的时候,小茹也谈起了属于自己的恋爱。恋爱应该有的内容她都有了,写情书、约会、看电影、赌气、流眼泪,就像所有情侣一样谈着恋爱。只是有时,小茹的心里还会涌起淡淡的惆怅。

小茹毕业那年,街舞社的社长召集还在北京的组员一起聚会,小茹和佳明都去了。说实话,如果他不去,小茹可能也不会去。

大家喝了点酒,有人提议玩"真心话大冒险",每个人都要说出当年暗恋过谁,其他人认为对,都得喝;其他人认为不对,那个人就自罚一杯。轮到佳明了,他看了看小茹,然后淡淡地说:"我暗恋过她。"

所有人都愣了一下,小茹当时就傻了。突然,一个男生在一旁起哄说:"没错,我早觉得这小子不对劲,肯定动过人家心思。看,脸都红了!来,我们喝吧!"

大家一阵起哄,不知怎的就把这个话题岔了过去。那一刻,小茹说不清楚自己心中是酸楚还是甜蜜。原来,他也曾喜欢过自己!这曾是自己多么期盼的答案,可为什么,直到如今他们的身旁都有了别人,才知道彼此都曾暗生情愫!

我曾问过小茹:"既然你们都相互喜欢过,为什么没有尝试着结束现在的感情,走到一起呢?"

小茹说:"没那个必要了,在最冲动的年纪,我们都没有走到一起,错过了,就是错过了,就让那一切保留在心里吧。"

哪一段青春不荒唐,哪一场暗恋不受伤……

错过了前面的,还会遇到后面的。缘分,永远都是无法预订的。

一场爱，让她成为更好的自己

文 / 向暖

在人潮涌动的火车站，我与小帆重逢了。

我并没有认出她，只是觉得从眼前经过的女孩身材超好、气质出众，在人群中非常醒目，忍不住多看了几眼。没想到，她走到我身边，忽然对我打招呼："好久不见，你还好吗？"

我愣了一下，这才认出她。是的，我们好久不见了，小帆变化太大，竟让我一时认不出。

五年前我和小帆在一起共事时，她还是微胖界人士，有着胖乎乎的圆脸，肉嘟嘟的嘴唇，平淡无奇的相貌，她每天都笑嘻嘻的，一笑还会露出醒目的牙箍。那会儿她已二十出头，有人就问她："你这个年纪带牙箍，还有作用吗？""有的有的，一定有的。"小帆便急切而坚定地回答。

我们都知道，她急于变美是因为爱上了一个男孩。她从不掩饰对那个男孩的喜爱,并总想把自己最美的姿态展现在他面前,只因他随口说了句"你最近好像又胖了",她便每天去健身房挥汗如雨。

是的,她总是这样努力地调适自己来迎合男孩的喜好:男孩经常光顾花店,她便去学插花;男孩经常去英语班学习英语,她也报名去上英语班;男孩喜爱读书,她便经常光顾书店。除此之外,她每天都会浏览男孩的微博,并琢磨他的想法。甚至,为了给男孩留下一个贤惠的印象,她学着动手做起了早餐,并在手艺娴熟之后每天带给男孩。

她希望把自己变得美丽而优雅,希望男孩看她时眼神中充满欣赏和爱慕,就像她看男孩时那样。

那个被她如此深爱的男孩名叫周时,他和小帆同时进入公司。我们觉得,他除了个子很高,人挺聪明之外,并没什么过人之处,可是在小帆看来他无处不是优点。

"我就觉得他帅啊!看书的样子帅,说话的样子帅,走路的样子帅,笑起来帅,皱眉头也帅……总之,男神就应该长成他这样。

"他上学的时候就是学霸,走出校门还不忘充电,真的特别上进,一直在英语班上课就是铁证。

"他一个大男人那么爱读书,还那么爱花爱植物,可见内心特别温柔。我就喜欢他这种长得帅还特别温柔的男人!

"他和我同时进公司,人家才来两年就成公司骨干了,业务甩我几条街。我至今还是个小助理,要是不努力,会被他越甩越远。"

小帆眼中的周时，就是完美无缺的男人，她必须拼命追逐才能赶上他的脚步。

小帆每天早上用心地为周时准备爱心早餐，每天下班后去健身房锻炼身体，晚上还要抽空去学英语，每个周末都要去学插花，还要看书，可是她并不觉得辛苦，她反而觉得心里充满了希望，因为她觉得周时总有一天会注意到身后那个苦苦追逐的自己。她就这样坚持了两年，可是，周时并没特别留意她，始终对她淡淡的，但她始终没有气馁。

努力就会有收获，小帆天天这样忙碌，腰身慢慢变得挺拔了，审美水平也慢慢提高了，可就在她渐渐变美的时候，周时却和一个开花店的姑娘恋爱了。

原来，周时经常出入花店是因为喜欢上了开花店的姑娘，他去上英语班也是因为那个姑娘在那里上课，小帆目光追着他走的时候，他的目光却始终追着那个姑娘。与小帆不同的是，周时的追逐有了结果，他花费心思制造种种机会之后，终于俘获了姑娘的芳心。

小帆感觉自己的心被扎了一刀，她跟周时跟得那么紧，怎么还会跟丢呢？

大家都替小帆难过，也暗暗觉得周时辜负了小帆的一番深情。可是爱情有时就是这么无奈，并不是一往情深就能够守得云开见月明。

周时不知是情商低还是恋爱后智商下降，居然还特意跑到眼睛红肿的小帆那儿说："你的早餐做得太棒了！不仅美味而且花样那么多，能教教我吗？我想做给女朋友吃。"小帆看着周时，感觉自己的心都碎了。

追了许久的人成了别人的男友，坚持了很久的事情到最后发现都是笑话，小帆受不了这个打击一下子颓废了。她放弃了健身，放弃了做精美的早餐，放弃了学英语，也放弃了学插花，她开始暴饮暴食，体重骤增，人也变得憔悴而邋遢。

生活节奏忽然被打乱，身体自然容易出问题，小帆重病住院了。

我们到医院看她的时候，她沮丧地说："看来我依然不够优秀，所以再怎么努力也入不了他的眼！"

漂亮的女上司对她说："爱情跟是否优秀没有太大关系，努力不一定能得到一个人的心，可是能让你成为更好的自己。"

女上司是个漂亮而聪慧的气质美女，也是小帆心中的女神，所以她的话小帆都会听信。她那天还对小帆说："你无论做事还是对待感情，都是特别认真的姑娘，生活不会辜负如此认真的你。小帆，你要相信，总有更适合你的人在前方等你，而你只有好好努力成为更好的自己，才能与他相逢并相爱！"

小帆眼泪汪汪地点头，又说了句："可我还是喜欢周时，喜欢他这么久，实在放不下。"

女上司搂着她的肩说："喜欢一个人没有错，干吗要求自己立刻放下？让自己动起来吧，等你动起来忙起来，就顾不得想这些事了。等过一段时间再想这件事时，你会发现自己不知不觉中已经把他放下了。"

小帆听从了女上司的建议，出院后恢复了以前充实而忙碌的生活。小帆起初健身、读书、学英语、学插花都是为了周时。后来，她发现自己爱上了做这些事情，并且习惯了这种生活。

一年后，小帆真的瘦了，她原来鼓鼓的小肚腩早已消失，腹部居然惊现出性感的马甲线！她早已取下了牙箍，如今一笑就会露出两排整齐而洁白的牙齿。大家发现，小帆早已不是相貌平平的姑娘，瘦下来的小帆居然如此让人惊艳。

后来我离开了那家公司，不再与小帆朝夕相伴，只能陆续听到她的一些消息。她升职了，她外派了，她越来越美了，她已经有了女神范儿……当她彻底从那段求而不得的感情中走出来，觉得单身也不错时，爱情却悄然而至。

小帆所经历的种种，真是应了那句话：你若盛开，清风自来。

在人潮涌动的车站，我问小帆："你现在都是高管了，出差回来怎么不坐飞机？"

"时间允许，坐火车又很方便，干吗还要浪费公司的钱搭飞机呢？我体力好，觉得坐火车看看风景也挺有意思。"小帆笑着对我说。

正在我们愉快的聊天时，忽然听到有人喊她的名字，我扭头看见一个英俊潇洒的男人正向我们走来，小帆望过去冲着那人露出一个甜美的微笑。

男人过来接过小帆的行李箱，小帆笑呵呵地为我介绍："我男神来接我了。"

"我女神回来了！"两个人互相打趣，幸福甜蜜的感觉羡煞旁人。

一段求而不得的爱，让小帆成就了更好的自己。

每一个努力生活的人都应该相信，即便努力没有让你达成眼前的目标，也终会让你走得更远，看见远方更美的风景。